가프 현대 판타지 소설

MODERN FANTASTIC STORY

밥도둑 약선요리王

밥도둑 약선요리王 17

가프 현대 판타지 소설

초판 1쇄 찍은 날 § 2020년 5월 8일
초판 1쇄 펴낸 날 § 2020년 5월 15일

지은이 § 가프
펴낸이 § 서경석

총괄팀장 § 노종아
편집책임 § 신나라

펴낸곳 § 도서출판 청어람
등록번호 § 제387-1999-000006호
등록일자 § 1999. 5. 31
어람번호 § 제1-3047호

주소 § 경기도 부천시 부일로 483번길 40 서경B/D 3F (우) 14640
전화 § 032-656-4452 팩스 § 032-656-4453
http://www.chungeoram.com
E-mail § chungeorambook@daum.net

ⓒ 가프, 2019

ISBN 979-11-04-92187-2 04810
ISBN 979-11-04-91945-9 (세트)

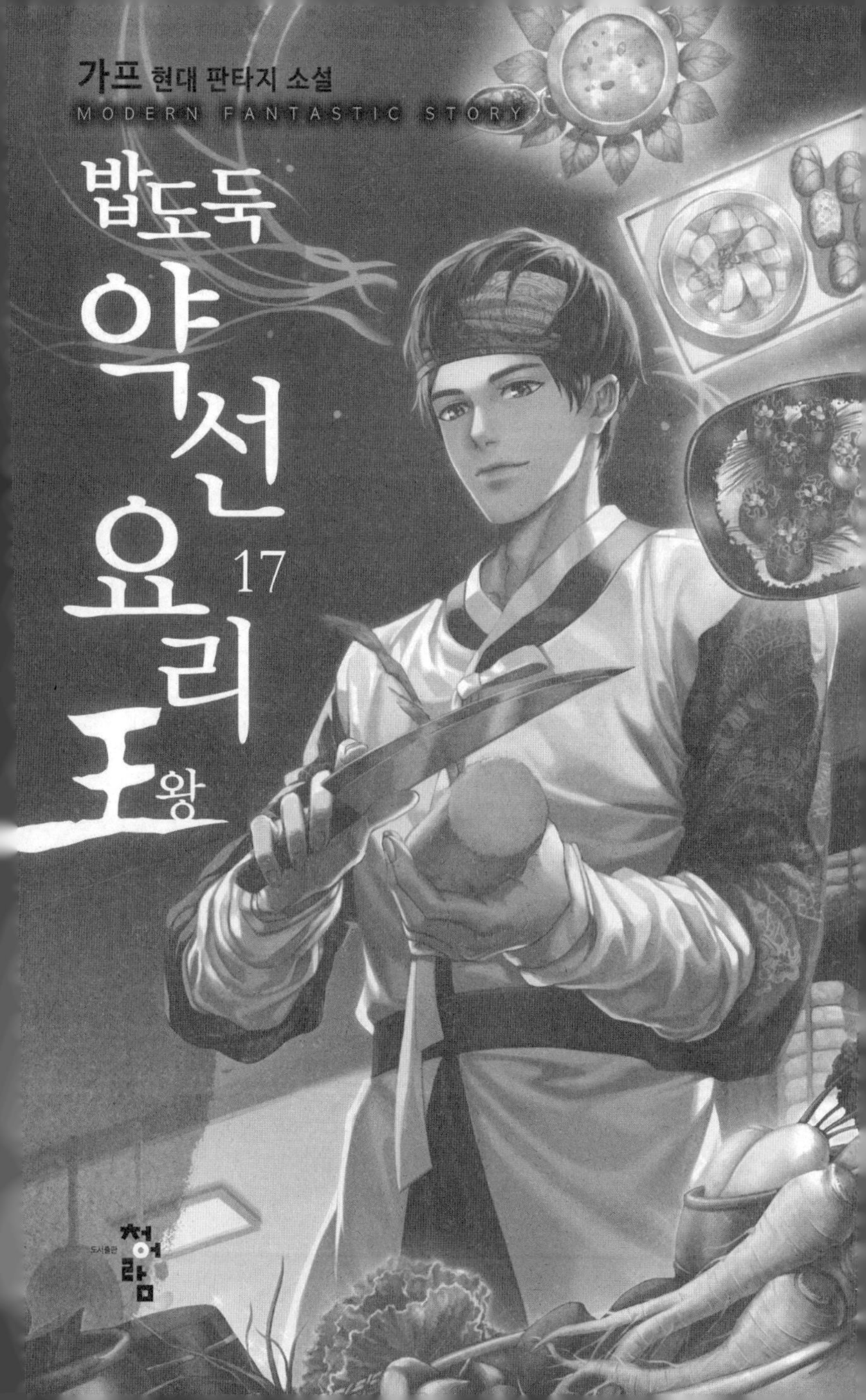
가프 현대 판타지 소설
MODERN FANTASTIC STORY
밥도둑 약선요리王 왕
17
도서출판 청어람

밥도둑

약선요리

왕

목차

1. 개업식 번개 이벤트

아침 신문은 정상회담과 만찬 이야기로 도배가 되어 있었다. 차만술 관련 기사도 보였다.

"차 사장님, 어젯밤 잠 못 잤겠는데?"

"그러게. 너무 벅차서 응급실 실려 간 거 아니야?"

민규 말에 종규가 장단을 맞췄다.

신문을 밀어두고 차에 올랐다. 만찬의 감격은 어제로 충분했다.

벌컥!

셀프로 소환한 정화수 한 잔이 꿀처럼 달았다.

"카햐, 쥐긴다."

컵을 비워낸 종규 목소리에도 힘이 팽팽하다.

"출발?"

종규가 물었다.

"그래. 출발."

민규가 답했다. 차는 총알처럼 튀어 나갔다. 평안하게 밝아
온 아침, 옆에는 듬직한 동생 종규. 그리고… 자신의 차례가
오기를 고대하고 있을 예약 손님들…….

오늘은 또 어떤 보물 식재료들이 내 손길을 기다리고 있을
까?

셰프라서 행복한 아침이었다.

*　　　　　*　　　　　*

"셰프님."

점심시간, 당연히 바빴다. 아침까지 찾아온 기자들이 1순위
였다. 박대할 수 없어 몇 마디 응하다 보니 평소 같지 않았다.
2순위는 전화였다. 방송과 인터넷이 그렇게 떠들어댔으니 피
할 수 없는 일이었다. 수화기는 오늘도 얌전히 옆으로 내려놓
았다. 오는 전화를 다 받자면 텔레마케팅 전문 팀이라도 돼야
할 판이었다.

"아, 이제 좀 조용하네."

기자들이 돌아가고 전화벨 소리까지 잠잠해지자 종규가 겨

우 한숨을 돌렸다.

"……."

슬쩍 보니 민규 핸드폰도 불이 나 있었다. 부재중전화부터 문자까지… 전화를 건 사람들에게는 미안하지만 그냥 두었다. 왠지 허전한 기분이 들었지만 별수 없었다. 민규를 아는 사람들이라면 이해해 줄 일이었다.

점심시간이 끝나갈 무렵이었다. 내실에 앉은 손님이 민규를 불렀다. 진주면에 오이만두, 행주두부를 주문한 팀이었다.

"뭐 필요한 거 있으십니까?"

민규가 물었다.

"아닙니다. 듣던 대로 기막히네요. 왕의 성찬을 먹은 것 같습니다."

"고맙습니다."

"그런데 이 요리에 들어간 식재료 원산지는 어디입니까?"

"전부 국내산입니다만."

"그러니까 국내산 중에서도 어디냐 그겁니다. 기장 미역, 이천 쌀 하듯이… 아무래도 옛날 왕들이 진상받던 곳의 명물 재료들을 쓰신 건가 싶어서 말입니다."

"고려나 조선 때 명물들이 많기는 했지만 그때도 현금으로 대납하는 경우가 많았습니다. 원산지가 중요하지만 얽매일 필요는 없습니다."

"하긴 그렇군요. 지금도 원산지 표기가 엉망인데 조선시대 원산지는……."

"음, 제가 한 말은 그런 뜻이 아닙니다. 사실 원산지 표기를 도입한 원조는 조선 왕실이었으니까요."

"예? 조선시대에도 원산지 표기가 있었다고요?"

"중종께서 그 창시자였죠. 가을에 세자의 서연을 치를 때 나온 육포가 단초였습니다. 세자는 입에 대지 않고 물렸는데 그걸 궁중의 위사들이 나눠 먹고는 구토와 설사를 일으킨 사건이 있었습니다. 자칫하면 세자의 안위에 문제가 되었을 일이라 한 달 가까이 수사를 했는데 결론은 잘못 보관된 육포를 먹은 것으로 나왔습니다. 그 과정에서 진상받은 물품들의 관리 현황을 파악하니 종류별로 모아 보관할 뿐 출처가 없다는 걸 알게 되었습니다. 그러다 보니 책임 소재도 불분명해지고 부정부패의 소지도 있기에 이때부터 식재료의 원산지 표기가 시행되었던 겁니다."

"이야, 대단하군요. 조선시대에 원산지 표기라니……."

민규의 깔끔한 설명에 손님이 혀를 내둘렀다.

"이건 제 명함입니다."

말을 섞은 손님이 명함을 꺼내놓았다. 그의 직업은 변호사였다.

"변호사 선생님이시군요?"

"아주 유능하신 분입니다. 승소율이 95% 이상이세요."

앞에 앉은 사람들이 분위기를 띄우고 나왔다.

"강의는 잘 들었습니다. 실은 제가 셰프님 요리를 먹다 보니 몇 가지 아쉬운 점이 있어서 말입니다."

"요리에 빠진 게 있었습니까?"

"요리가 아니고 경영 쪽입니다."

'경영?'

"죄송하지만 이 요리들, 특허 신청을 하셨습니까?"

"아니요."

"어이쿠, 내가 이럴 줄 알았지. 그거 큰 실수이십니다."

변호사 표정이 변했다.

"실수라뇨?"

"제가 이런 쪽 전문 변호사거든요. 지금 대한민국 약선요리와 궁중요리의 톱이 누굽니까? 바로 이 셰프님 아닙니까?"

"……."

"저도 이번 만찬 뉴스를 봤습니다만 가게를 이렇게 운영하시면 큰 낭패를 보게 됩니다."

"무슨 말씀이신지?"

"이런 사례가 한두 건이 아니거든요. 혹시 저 아래 낙동강의 삼포수제비매운탕집이라고 아십니까?"

"죄송합니다. 잘 모르겠는데요?"

"거기가 그런 케이스였습니다. 사장님이 뚝심만으로 밀어붙인 음식점이죠. 맛이 좋아 대박이 났습니다. 그러자 그 주변에 짝퉁 가게들이 우후죽순으로 생겼습니다. 삼포매운탕, 심포매운탕, 섬포매운탕, 원조삼포매운탕… 결정적으로 그 가게에서 일하던 주방장까지 독립을 하면서 레시피도 유출됩니다. 결과가 어떻게 된 줄 아십니까? 어이없게도 원조가 문을 닫고 말았습니다."

"……"

"비단 음식점만 그런 게 아닙니다. 찐빵으로 예를 들면 아무나 유명한 상호를 같이 쓰면서 아예 찐빵 붐 자체를 날려 버린 적도 있습니다. 그러니까 더 늦기 전에 요리에 특허를 내셔야 합니다. 보아하니 대통령 만찬에 문화부의 난제까지 해결하신 것 같던데 이럴 때 신청하시면 심사도 빨리 될 겁니다."

"상표등록은 이미 받았습니다만."

민규가 답했다. 그건 양경조 회장의 선물이었다. 혹시 모를 짝퉁 범람을 위해 그가 손을 써주었던 것.

"그럼 레시피 특허는요? 상호보다 중요한 게 레시피 특허입니다. 제가 그쪽 전문이니 저렴하고 신속하게 대행해 드리겠습니다."

변호사의 속셈이 나왔다. 어쩐지 말발이 심상치 않았다. 그러니까 영업을 위해 분위기를 조성하고 있었던 모양이었다.

"사양합니다."

민규가 잘라 말했다.

"사양한다고요? 왜요? 이거 셰프님이 지금 너무 잘나가셔서 잘 모르시는 모양인데 레시피란……."

"레시피란 무엇입니까?"

민규가 되물었다. 요리 이야기라면 변호사도 문제없다. 그렇기에 목소리에도 슬슬 힘이 실리고 있었다.

"그게 작가로 치면 저작권 같은 겁니다. 이걸 방치하시면 너도나도 초빛식, 이민규 셰프식 요리를 카피해 놓을 거라고요."

"변호사님."

"예?"

"이쪽 전문이라고 하셨는데 혹시 맛에 대해서는 어떻습니까?"

"맛?"

"제가 볼 때는 미각까지 전문인 건 아닌 것 같습니다만……."

민규가 말끝을 흐렸다. 그의 체질창 때문이었다. 그의 식욕 등급은 A였지만 미각 등급은 C에도 미치지 못하고 있었다.

"어허, 왜 이러십니까? 제가 이래 봬도 나름 미식가 수준입니다. 전국의 맛집이 전부 이 혀 안에 있거든요."

"그 맛집들이 전부 변호사님께 특허를 맡겼습니까?"

"그럼요. 저 때문에 돈 잘 벌고 계시는 사장님들 셀 수도 없습니다. 이거 대행비 몇백 깨져도 무조건 남는 선택이거든요."

"그 특허를 받은 메뉴들도 전부 대박을 치고 있나요?"

"당연하죠."

"어떤 요리들입니까? 저도 궁금하군요. 말씀하시면 제가 검색해서 확인해 보겠습니다."

민규가 핸드폰을 꺼내 들었다. 그러자 변호사가 꼬리를 사렸다.

"에이, 그게 진짜 맛집은 소문 안 나는 경우가 많고 고객 정보를 누설하는 건 변호사의 도리가 아니라서……."

그의 대답은 궁색했다.

"제 생각을 말씀드리자면 레시피는 누군가 독점할 일도, 독점할 수도, 독점할 필요도 없다고 생각합니다. 우선 저만 해도 고려와 조선시대 숙수들의 레시피를 쓰고 있는 형편이니까요."

"하지만 그때는 그런 권리들이 법적 보호를 받지 못하는 시대였고……."

"또 다른 생각은 요리란 특허가 많아질수록 좋지 않다고 생각합니다. 세상의 모든 요리에 다 특허가 있다고 생각해 보세요. 새로 나오는 요리사는 요리 자체를 할 수 없을 겁니다. 아닌가요?"

"……."

"게다가 레시피란 그걸 개발한 요리사조차도 100% 재현할 수 없는 경우가 많습니다. 같은 식재료 같지만 날마다 다른 게 들어오기 때문이죠. 조금씩 다 달라요. 그러니 늘 100%에

수렴할 뿐이라는 거죠."

"셰프님……."

"고백하자면 저도 마찬가지라서 방금 드신 진주면과 오이만두의 맛을 똑같이는 만들지 못합니다. 오늘과 내일은 습도도 다르고 온도도 다르죠. 그러니 과시할 목적이 아니라면 특허가 무슨 소용입니까? 누군가 제 요리를 베껴 비슷한 맛을 내면 저는 다른 요리를 개척하면 됩니다. 변호사님도 한 고객만 평생 우려먹지는 못할 것 아닙니까?"

"우려먹는다고요?"

"아, 제가 요리적인 표현을… 아무튼 요리란 서로서로 영향을 주고받으며 발전하는 겁니다. '내 요리는 특허야'라고 못을 박으려면 요리가 아니라 제품으로 바꿔야죠. 대량으로 한 가지 요리만 한다면 그런 게 필요할 수도 있겠지만 진짜 요리를 하는 셰프라면 레시피는 감춰야 할 대상이 아니라 공개해야 할 대상이라고 생각합니다만."

"……."

"더 하실 말씀 없으면 이만, 기다리는 분들이 계셔서요."

민규, 나름 정중히 인사를 하고 돌아섰다. 한 건 올리려던 변호사는 엿 먹은 듯한 얼굴로 주저앉았다. 우려먹는다. 자신을 저격하는 단어가 나왔지만 그조차 면박할 수 없었다. 민규의 위엄 때문이었다.

'젠장, 어린놈이 인생관에 요리관까지 철통이네.'

"보험 들래?"

주방으로 오자 종규가 물었다.

"변호사님이라고 메뉴들 특허 내란다."

"허얼, 어쩐지 뺀질거리더라."

"그런데… 오후 예약은 끝이냐?"

민규가 마당을 돌아보았다. 이상하게도 한가했다.

"나도 좀 이상해서 봤는데 두 시부터 저녁까지 예약이 없어. 내가 착각해서 안 받았나?"

"가만……?"

민규가 주방 메모를 들춰 보았다. 그러고는 하얗게 질려 버렸다.

아뿔싸!

예약이 없는 이유가 있었다. 바로 차미란 팀의 매장 개업일. 3시에 열리는 가게 앞 오픈 행사를 도와주겠다고 해놓고는 까맣게 잊고 있었으니 아무래도 만찬에 정신이 팔린 까닭이었다.

"으악, 그럼 어떡해?"

종규가 비명을 질렀다. 벽시계는 벌써 3시를 지나고 있었다.

"다녀올게요."

민규가 소리쳤다. 운전대는 종규가 잡았다.

"잘 다녀오세요."

재희가 나와 민규를 배웅했다. 차는 바로 신호에 막혔다.

"바쁘면 꼭 이래요."

종규가 핸들을 두드렸다.

"재료는?"

"시킨 대로 대략 챙겼어."

"알았다."

민규가 핸드폰 화면을 밀었다. 시간은 3시 25분. 차미람의 연락은 없었다.

'아, 이 녀석들…….'

얼굴이 화끈거렸다. 민규가 바쁜 걸 아니 연락조차 하지 못한 것이다. 그렇기에 더 미안해지는 민규였다.

"신호 터졌다."

앞을 보던 민규가 소리쳤다. 그 시선은 다시 핸드폰으로 옮겨 갔다. 6시에 예약이 있다. 재희가 재료를 준비해 놓는다고 해도 5시 반까지는 돌아와야 했다. 가는 시간까지 합치면 차미람을 도와줄 시간은 고작 1시간 정도…….

'젠장.'

낭패였다. 말도 없이 늦어버렸으니 개업식을 망칠 수도 있었다.

'1시간…….'

임팩트가 필요했다. 어떻게 할까? 궁리를 하면서 전화번호를 밀어 올렸다. 수많은 사람들의 번호가 주르륵 올라갔다.

'할 수 없지.'

세상은 기브 앤 테이크. 그동안 기부 많이 했다. 상황이 이러니 테이크에 기대기로 했다. 그러자면 역시 연예인들이 제격. 다들 스케줄이 있을 테니 몇 명을 골라 문자를 보냈다. 두 명 정도만 와준다면 임팩트를 살릴 수 있을 것 같았다.

"다 왔어."

종규가 속도를 줄였다. 저만치 작은 도로가 보였다. 소담하게 걸린 상호도 보였다.

다정다과.

간판은 제대로였다. 넓은 오동나무에 흘림체로 새긴 음각기법이 정다워 보였다.

그 가게 앞에 차미람의 4총사가 있었다. 홍보용 장식은 길고 긴 색동 줄이었다. 바람에 휘날리는 모양이 전통 떡집 개업을 제대로 알려주지만…

가게 앞의 개업 행사 테이블에는 구경꾼이 거의 없었다.

"셰프님!"

분전하던 차미람이 민규를 발견했다.

"늦어서 미안."

차에서 내린 민규는 숙수 조리복부터 챙겨 입었다. 슬쩍 돌아본 가게 분위기는 푸근했다. 궁중 문양을 응용한 실내 분위기가 그윽하고 수려했던 것.

"안녕하세요?"

밖으로 나오자 차미람의 동업자들이 몰려들었다.

"뭐냐? 내가 안 오면 연락이라도 해야지. 요 며칠 청와대 만찬 때문에 신경 쓰느라 넋 놓고 몰랐다."

"죄송해요. 실은 오전에 가게에 전화 걸었었는데 계속 통화 중이길래……"

차미람이 고개를 숙였다. 그제야 알았다. 수화기를 내려놓았다는 걸. 차미람의 입장에서는 더 어쩔 수 없는 일이었다.

"저기 놓아주세요."

뒤이어 도착한 꽃집 직원에게 종규가 말했다. 민규가 보내는 화환이었다. 가게 앞에 세워진 개업 축하 화환은 겨우 세 개. 민규 것을 세우니 그나마 좌우 짝이 맞았다. 그런데… 그게 신호가 되었다. 민규의 연락을 받은 연예인들이 화환을 보내온 것이다. 화환은 금세 10여 개 이상으로 늘어났다.

"썰렁하네?"

민규가 테이블 앞에 섰다. 테이블에는 홍보용으로 만든 오색설기와 송자해라간 등의 떡과 양갱 등이 구색 맞춰 차려져 있었다. 때깔도 좋았다. 그러나 결정적으로 볼륨이 약했다. 개업식에는 인심이 후해야 한다. 축제 분위기가 나야 한다. 하지만 정성 들여 만든 떡이다 보니 양이 아니라 질로 승부를 건 것이다.

"죄송해요. 애들이 동네 한 바퀴 돌며 손님을 끌어봤는데
도……."

차미람이 맥없이 웃었다. 장사는 손님이다. 손님이 없는데
기운 날 주인은 없었다.

"약수다. 한 잔씩 마시고 힘내보자."

양기 올리는 열탕부터 한 잔씩 소환해 주었다. 그사이에 종
규가 대형 화면을 설치했다. 화면에 민규의 요리를 띄웠다. 영
국 여왕의 만찬과 청와대 만찬, 기타 기막힌 궁중요리 샘플 화
면들이었다. 척 봐도 그림이 되는 궁중요리의 포스들. 행인들
이 하나둘 시선을 주기 시작했다.

"떡은 저게 다냐?"

민규가 차미람을 바라보았다.

"안에 더 있기는 해요."

"있는 대로 전부 갖다 쌓아라. 최소한 궁중 각색병 높이로."

"1자 5치요?"

"그래."

"다 쌓아도 그 정도는 안 돼요."

"그럼 밑에 식재료를 고이든지 장식을 하든지 해서 맞춰."

"알겠어요."

"그리고 떡 찔 찜통하고 가스버너, 오븐 같은 거 다 여기다
설치하고."

"지금요?"

"아니면? 늦어서 미안하지만 나 한 시간밖에 시간 없다."

"뭐 만드실 건데요?"

"재료도 제대로 준비 못 했으니 계피원소병하고 세 가지 연자육경단으로 가자. 한쪽은 곰취 물을 들이고 또 한쪽은 해당화꽃 물을 들일 거다. 물들이지 않은 경단은 소에다 천년초 붉은 물을 들인다. 그럼 세 가지 경단이 완성되는 거지. 종규만 빼고 다 같이 할 거니까 다들 요리 대형으로 맞춰 서라."

"알겠습니다."

민규를 믿는 차미람은 군소리를 달지 않았다.

"준비됐냐?"

홍보용 떡 옆에 요수를 양껏 소환해 둔 민규가 물었다. 떡을 쪄낼 세팅도 완료된 후였다.

"예, 선배님."

"그럼 시작한다."

민규가 출발을 알렸다.

다섯 요리사가 칼 각으로 움직이니 그 광경이 봐줄 만했다. 게다가 화면에는 기가 막힌 비주얼의 궁중요리들. 한 사람, 두 사람씩 발길이 멈추기 시작했다. 그들 중 여고생 하나가 민규를 알아보았다.

"까악, 저 사람 이민규 셰프야."

"이민규 셰프? 어느 먹방 프로그램에 나오는데?"

그녀의 친구들이 물었다.

"야, 먹방이 문제야? 영국 여왕님 녹이고 청와대 만찬도 했다는 그 셰프……."

여고생이 검색으로 인증을 했다.

"와아!"

여고생들이 민규 인증 숏을 찍기 시작했다. 그 바람에 인파가 30여 명으로 늘었다. 종규는 열심히 바람을 잡았다. 그들에게 떡을 권하고 초자연수도 권했다. 요수가 있으니 떡은 술술 들어갔다.

20분 경과.

상황은 나쁘지 않았다. 그러나 인파는 더 늘지 않았다. 가게의 입지 때문이었다. 입소문을 타면 괜찮을 장소지만 사통팔달의 대로변은 아니었다. 그러니 유동 인구에 한계가 있었다.

30분 경과.

고개를 들어보지만 연예인들은 오지 않았다. 핸드폰을 체크해 보니 홍설아와 우태희 등에게서 카톡이 와 있었다. 촬영중이라 부득이 올 수 없다는 전갈이었다. 남예슬은 문자조차 없었다.

허얼!

'할 수 없지.'

이제 연자육경단이 나올 차례. 그 풍미와 환상적인 색감에 기대보기로 했다.

"자, 새 떡이 나옵니다."

민규가 찜통 뚜껑을 잡자 종규가 분위기를 띄웠다. 그런데, 그 기대의 순간에 자지러지는 소리와 함께 구경꾼들이 쭉 빠져 버렸다.

'뭐야?'

뚜껑을 열려던 민규가 흠칫거렸다.

"형!"

종규 목소리도 높아졌다. 아른거리는 수증기 사이로 도로가 보였다. 두 대의 차량이 멈춰 있었다. 그리고… 그 차 앞에 우뚝한 여신 같은 여자…….

'예슬 씨?'

돌연한 상황에 넋을 놓던 민규, 찜통의 김이 팔목에 닿으면서 비명 대열에 합류하고 말았다.

"앗, 뜨거!"

"셰프님!"

그사이에 남예슬이 다가왔다. 절대 반전, 뜨거운 고통을 느낄 사이도 없었다.

"예슬 씨…….."

"죄송해요. 녹화 중이라서 문자를 늦게 봤어요. 그래서 녹화를 조금 미루고 헐레벌떡 달려왔어요."

"녹화까지 미루고요?"

"벌금으로 먼저 촬영 끝난 걸 그룹도 데려왔는데 괜찮겠어요?"

"가수들을요?"

"엔딩퀸요. 인기는 별로지만 그래도 세 달 전에 신곡까지 냈어요."

"아, 예······."

"허락하시는 거예요?"

"그럼요. 오늘은 다다익선입니다."

"알았어요. 얘들아, 셰프님이 일일 자원봉사 허락하셨어. 다들 나와."

남예슬이 밴을 향해 소리쳤다. 그러자 검은 밴의 문이 열리더니 무려 일곱 명의 황녀들이 자태를 드러냈다.

"어, 걸 그룹인가 봐."

여고생들이 소리쳤다.

"엔딩퀸이야."

누군가 검색을 끝내고 소리쳤다.

"옴마야, 진짜 가수들이네."

"우워어, 우월한 기럭지들 죽인당······."

여기저기서 자지러지는 소리가 들렸다. 엔딩퀸은 인기 아이돌은 아니었다. 신곡도 뜨다 말았다. 그러나 비주얼만은 빠지지 않았으니 이런 장소에서 튀는 건 말할 필요도 없었다.

그녀들이 군단을 이루며 가게 앞으로 다가왔다. 구경꾼들은 저절로 길을 내주었다.

"안녕하세요? 예슬 언니의 특명을 받고 온 엔딩퀸입니다. 잘 부탁합니다."

그녀들이 민규 앞에서 합창을 했다.

"예슬 씨……."

"괜찮아요. 애들 매니저도 허락했어요. 그러니까 일일 알바 생으로 마음껏 부려먹으시고요 대신 알바비는 피부가 고와지는 초자연수로 부탁합니다. 다음 곡이라도 대박 날 수 있도록."

남예슬이 찡긋 윙크를 날려 왔다.

연예인!

썩어도 준치다. 그 파워는 바로 현실로 드러났다. 엔딩퀸이 율동을 하니 구경꾼들이 쓰러졌다. 눈이 정화가 되는 것이다. 거기에 톱스타 남예슬까지 버티고 있으니 구경꾼들의 핸드폰은 쉴 틈조차 없었다.

"자, 아, 하세요."

시식을 주저하던 사람들 입도 쉽게 열렸다. 그녀들이 떡을 내밀면 자동문이 되는 것이다. 숫자도 기하급수적으로 늘어났다. 구경꾼들이 SNS를 날려대니 100명이 되고 300명이 되었다. 나중에는 500명도 넘는 사람이 몰리는 바람에 경찰까지 출동하게 되었다.

"이제 나올 떡은 연자육경단이라는 전통 떡입니다. 연밥은 기운을 돋게 하고 마음을 안정시키며 만병을 물리치는 효능이 있어 남녀노소에게 두루 유익하고 맛도 좋습니다."

민규가 설명과 함께 찜통을 열었다. 포근한 김이 무럭무럭
피어올랐다. 들뜬 구경꾼들의 호흡이 단숨에 멈췄다. 떡의 향
때문이었다. 맛김이 그들의 후각에 들이치는 순간, 바로 옥침
이 흘러나왔다. 납설수와 요수를 황금비로 섞었으니 이 또한
민규의 승부수였다.

한 방!

청와대 만찬처럼 단 한 방으로 사람들의 미각을 장악한 것
이다.

"흠흠, 우와!"

"냄새 죽인다."

가까운 곳의 사람들부터 침이 홍수를 이루었다. 김이 가라
앉자 민규가 경단을 꺼냈다.

흰색 경단.

초록 경단.

분홍 경단.

세 환상은 오븐으로 직행했다. 거기서 겉을 살짝 구워내니
겉은 바삭, 속은 촉촉한 연자육 소. 구워내 손에 묻어나는 끈
적임도 없으니 먹기에 좋았다.

그 작품들이 망개잎 위에 하나씩 올려졌다. 장미 모양을
낸 대추 살 오림도 놓았다. 개업 행사이니 잣 한 알 더 인심
을 썼다.

꿀꺽!

여기저기서 군침이 넘어갔다. 수려한 자태에 홀린 구경꾼들은 넋이 나가 있었으니 떡을 따라 모든 시선이 움직였다. 그 떡을 남예슬과 엔딩퀸 멤버들에게 하나씩 물렸다.

"와아!"

멤버 하나가 비틀 물러섰다. 맛 폭탄이 터진 것이다.

"맛이 기가 막혀요."

발음도 제대로 나오지 않았다.

"세상에나……."

"우와핫, 이언 맛 처음이얍."

"궁중떡… 넘흐넘흐 맛있어욤."

엔딩퀸이 맛에 취해 몸서리를 쳤다. 쇼나 연기가 아니었다. 어찌나 리얼한지 구경꾼들은 먹는 것도 없이 옥침을 흘렸다. 연예인들에게 쏠렸던 관심. 바로 요리 쪽으로 돌려세우는 민규였다.

"여러분, 이게 바로 궁중연자육경단입니다. 먹고 싶지 않으세요?"

민규가 3색 경단을 들어 보였다.

"먹고 싶어요."

구경꾼들이 발을 굴렀다.

"그럼 그 자리에 가만히 계시기 바랍니다. 넉넉하게 준비했지만 사람이 너무 많이 몰린 관계로 한 사람당 하나씩만 맛보여 드리겠습니다."

민규가 엔딩퀸에게 배급(?)의 임무를 맡겼다. 일곱 명이나 되니 배급에도 수월했다. 남예슬도 그녀들과 함께 한몫을 했다.

"으아악, 난 이 떡 못 먹어."

"난 가보로 삼을 거야."

"내 인생 떡이야. 인스타에 올려야줘."

비명과 환호가 오가는 사이에 다시 연자육경단을 안쳤다. 처음 같아서는 한 번만 쪄도 될 것 같던 떡. 그러나 상황이 급변했으니 세 번을 쪄도 모자랄 것 같았다.

"요리 개시!"

민규가 두 번째 경단요리를 시작했다. 차미람과 동기들도 반죽을 시작했다. 다섯 요리사가 보여주는 절제된 퍼포먼스. 그 뒤에서 엔딩퀸이 보조를 해주니 그림이 제대로 살아났다.

"선배님……."

옆자리 차미람의 눈에 이슬이 맺혔다.

"경단에 눈물 떨어진다."

민규가 주의를 주었다. 요리할 때는 오직 요리만 생각해야 했다.

"와아아!"

두 번째 경단이 나왔을 때, 가게 앞의 인파는 헤아릴 수도 없었다. 세 번째 경단이 나왔을 때 민규는 슬쩍 자리를 빠져 나왔다.

"오늘 진짜 고마웠어요. 덕분에 체면 좀 살렸네요."

남예슬에게 인사를 전했다.

"별말씀을요. 미리 말씀하셨으면 처음부터 도와드릴 수 있었는데……"

"에… 인기 스타가 그렇게 시간이 많아요?"

"셰프님 덕분에 얻은 인기잖아요? 셰프님 일이라면 문제없어요."

"그나저나 엔딩퀸에게도 인사를 해야 할 텐데……"

민규가 돌아보았다. 엔딩퀸은 인파 속에서 정신이 없었다.

"제가 전해 드릴 테니 그냥 가세요. 쟤들 오늘은 스케줄 없거든요."

"신곡 반응이 진짜 별로였나 보죠?"

"소속사에서 홍보에 실패를 한 거 같아요. 같은 시기에 나온 다른 걸 그룹들 노래한테 밀린 것도 있고… 신곡이라는 게 한번 분위기 못 타면 바로 사장이거든요. 제 프로그램에도 사정사정해서 겨우 얼굴 내미는 정도였어요."

"그럼 시간이 많다는 얘기로군요?"

"당분간 그럴 것 같다고 해요."

"굉장히 좋은 친구들 같은데……"

"맞아요. 성격도 좋고 필살기도 많거든요. 언젠가는 꼭 대박 날 거예요."

엔딩퀸…….

어쩐지 남예슬의 느낌이 났다. 그래서 그냥 넘기기 싫었다. 신곡이 밀리면서 출연 기회도 사라지고 있는 걸 그룹. 특집 만찬 방송과 매칭을 시켜보는 민규였다.

칠선녀.

그렇게 갖다 붙이니 그림이 맞았다. 민규가 혼자 고개를 끄덕거렸다.

"선배님, 너무 고마워요."

차미람이 따라와 배웅을 했다.

"파이팅 해라."

그녀를 격려하고 차에 올랐다.

"형!"

운전대를 잡은 종규도 싱글벙글이다.

"왜?"

"미람이 누나네 예약도 대박 났어."

"진짜? 얼마나?"

"방금 예약지 봤는데 계피원소병하고 삼색경단, 느티떡, 무화과양갱 등을 합쳐 무려 1,900여만 원… 잘하면 3천만 원도 찍겠던데?"

"진짜냐?"

"응, 역시 우리 형."

"얀마, 내가 무슨… 미람이가 고생해서 일군 대가지."

민규가 웃었다. 피로가 확 풀리는 소식이었다. 조금 지각했지만, 민규의 지원은 대성공이었고 그 일등 공신은 남예슬과 엔딩퀸이었다.

'엔딩퀸……'

민규는 그녀들의 착한 지원을 잊지 않고 전화번호 하나를 골랐다. 민규의 만찬 특집을 지휘하게 될 피디의 번호였다.

"여보세요."

2. 약입니까, 요리입니까?

다랑다랑랑.

달리는 중에 전화가 들어왔다. 재희였다.

"셰프님."

"지금 가고 있다."

"그게 아니고 특별한 예약 문의 전화가 들어와서요."

"특별한?"

"그분 있잖아요? 영국에서 셰프님이 구해준 중국인……."

"왕치등 사장님이 전화하셨어?"

"그분이 어떻게 예약이 안 되겠냐고 하셔서요."

"언제?"

"셰프님이 허락하면 오후에라도 온다고 하시네요."

"다른 예약 손님들은?"

"7시 반 손님이 다음 주로 미뤄줄 수 없냐고 연락이 오기는 했어요."

"그럼 그 시간에 배정하고 오시도록 말씀드려."

"알겠습니다."

재희가 전화를 끊었다. 왕치등. 그러면 거절할 수 없었다. 청와대에서 내락을 약속했기 때문이다.

초빛이 가까워질 무렵, 홍설아에게서 전화가 들어왔다.

─셰프님, 죄송해요. 이제야 녹화가 끝났어요.

홍설아의 목소리는 울먹임에 가까웠다. 이해했다. 녹화는 홍설아 혼자 하는 게 아니다. 많은 연예인들의 스케줄이 겹친 일이니 홍설아 마음대로 움직일 수 없었다.

"괜찮아요. 다행히 예슬 씨가 와줘서 체면치레는 했습니다."

─그럼 끝난 건가요?

"아직 끝은 아니지만 곧 끝날 거 같습니다."

─아, 씨… 정말 죄송해요. 녹화만 아니었으면…….

"괜찮다니까요. 대신 동료들 떡이나 양갱 같은 거 필요한 일 있으면 그쪽 가게 많이 홍보해 주세요."

─그건 염려 마세요. 기회 봐서 후배들이 진행하는 케이블 TV에 케이터링으로도 추천할 생각이에요.

"……!"

통화하는 사이에 또 전화가 들어왔다. 이번에는 우태희였다. 그녀 역시 비슷한 상황이었다.

"나중에 또 부탁할게요."

미안해하는 사람들을 오래 잡지 않았다. 늦게라도 연락해 준 게 고마울 따름이었다.

"셰프님!"

마당에 들어서자 재희가 손을 흔들었다. 예약 두 팀은 이미 도착해 있었다. 숙수 복장 차림으로 그대로 들어가 인사를 올렸다.

"드시고 계시면 바로 차려 드리겠습니다."

열탕과 지장수를 소환해 주고 주방으로 나왔다.

2시간 반.

초빛에서 베어낸 시간이었다. 그 시간으로 차미람과 후배들의 수백 시간을 살렸다. 밑지는 일이 아니니 가뜬한 마음으로 요리를 시작했다.

오더1.
—약선송화상지죽.
—황금궁중황자계육.
—궁중복령두부찜.
—약선수삼연잎만두.
—궁중침백채.

오더2.

—궁중골동반.

—궁중설야멱적.

—궁중3색섭자반.

—약선죽순튀김.

—궁중송고병.

—약선오미자화채.

양쪽 테이블에서 들어온 오더들이었다. 첫 오더는 노년의 형제들이 의기투합해서 날을 잡은 테이블이지만 두 번째는 약선을 위해 일부러 온 할머니와 어머니, 그리고 딸의 3대 모임이었다. 할머니는 70을 넘었고 그 딸은 40대 초반, 딸의 딸은 여중생… 이 테이블에는 약선이 꼭 필요한 사람이 있었다. 바로 2대 딸이었다.

"몸이 불편한 데가 있으시군요?"

민규가 물었다.

"네? 아, 아니에요."

2대 딸이 고개를 저었다. 하필이면 이야기하기 난처한 곳이기 때문이었다.

"피가… 잘 멈추지 않죠?"

"어머!"

2대 딸의 얼굴이 하얗게 변했다. 그녀의 애로는 생리. 한번 시작하면 졸졸 그치지 않으니 지금도 생리대를 차고 있는 상황이었다.

"고구마 좋아하시죠?"

"우리 엄마 고구마 킬러예요. 덕분에 방귀도……."

너무 질러간 3대 딸이 혼자 키득거렸다.

"고구마묵 한번 드셔보세요. 약선으로 만들면 출혈이 멎을 겁니다."

"네……."

그녀의 대답은 헐렁했다. 여간해서는 멈추지 않는 생리혈. 고질이 아닐 수 없었다. 고구마를 권한 건 체질에 맞춘 권유였으니 수락을 쉽게 얻으려는 생각이었다. 그녀의 체질은 土형. 고구마나 연근이 잘 맞았다.

간단히 맺고 물러났다. 곤란해하는 사람에게 디테일하게 설명할 필요는 없었다.

'죽여(竹茹)가 필요하겠군.'

머리에 약재 하나만 새겨두었을 뿐.

주방으로 오는 사이에 단체 죽 손님이 들어왔다. 궁중칠향계 팀도 세 팀이 들어섰다. 내실은 이내 만원을 이루고 말았다.

톡!

요리의 시작은 누런 암탉에 가해진 우레타공이었다. 어르신들이 먹기 좋게 뼈를 털어냈다. 닭은 황자계육의 주재료였다. 이 요리는 과민대장증후군 증상에 좋았다. 소장이 차서 설사를 하는 사람에게 직빵이니 아랫배가 튼실치 못한 어르신들에게 적합한 메뉴였다.

송화상지죽은 송홧가루를 넣은 도토리죽. 도토리의 해독력과 몸을 가볍게 하는 송화를 이용한 약선이다. 지장수와 천리수를 더하니 기막힌 효과가 기대되었다. 게다가 도토리는 골다공증에도 한몫을 한다. 뼈를 튼튼하게 만들기 때문이었다. 시너지를 위해 황정을 살짝 가미했다. 이 또한 뼈와 힘줄에 더불어 피로까지 풀어주니 연로한 테이블에 딱이었다.

두부찜에 만두가 나오자 백설처럼 흰 침백채에 잣을 몇 알 띄워 상차림을 끝냈다.

잠시 숨을 돌리고 두 번째 예약요리에 돌입했다. 골동반과 섭자반은 종규와 재희에게 넘겼다. 민규는 고구마묵부터 만들었다.

고구마.

정말이지 버릴 게 없는 식재료였다. 줄기와 입도 그렇지만 뿌리는 얼마나 유용한가? 가루는 이미 불려져 있으므로 찌꺼기를 걸러냈다. 죽여가루를 넣어 섞었다. 유용하기는 대나무도 고구마에 못지않았다. 죽여는 청죽의 껍질을 깎아내 만든다. 살짝 볶아서 분말로 먹으면 된다. 딸꾹질에도 좋다. 위장이 찬 경우만 가리면 되니 쓸모가 많았다.

천리수로 물을 잡고 재료를 더해 약한 불에서 끓였다. 하르르 끓어오를 때 붉나무소금을 더하고 5분 정도 더 끓였다. 점도로 완성도를 파악하고 불을 껐다. 이제 뚜껑을 닫아놓고 은근한 뜸으로 맛을 숙성시키면 끝이었다. 알맞은 그릇에 부어 굳히고 잘라내 양념장을 곁들이면 되는 것. 식히는 일은 하빙을 둘러 마무리를 했다. 열과 함께 가슴이 답답한 증세까지 씻어내려는 의도였다.

"와아!"

고구마묵의 자태를 본 재희가 탄성을 질렀다. 황금 코팅을 시킨 듯 노란 속살이 일품이었다. 고구마가루를 지장수로 처리한 덕분이었다. 말랑말랑한 식감에 부드럽기 짝이 없는 고구마묵. 꿀꺽, 만든 민규도 군침을 흘리고 말았다.

"드시죠."

오미자화재까지 곁들여 테이블을 세팅했다.

"와아."

굳었던 3대 가족의 표정이 환하게 펴졌다.

"이게 어머니를 위한 특별약선입니다. 특별히 많이 드시기 바랍니다."

민규가 2대 딸에게 죽여고구마묵을 가리켰다.

"묵이잖아요?"

그녀가 물었다.

"고구마에 죽여가루를 섞어 만든 묵입니다."

"죽여가루?"

"멈춰야 할 피가 멈추지 않을 때 멈추게 만드는 약재입니다. 어머니의 상태에 잘 맞췄으니 다 드시면 멈추게 될 겁니다. 아, 물론 다른 요리도 같이 즐기셔도 됩니다."

"네……."

그녀의 반응도 다른 손님들과 크게 다르지 않았다. 혼탁을 보니 어제오늘의 일이 아닌 생리 출혈. 숱하게 다닌 전문병원에서도 잡지 못한 일이니 흘려듣는 것이다.

"엄마, 인증 숏부터."

민규가 일어서자 3대 딸이 핸드폰을 뽑았다. 찰칵찰칵, 카메라가 먼저 시식을 한다. 진득하게 요리만 즐기기를 바라지만 제지할 수도 없었다. 핀잔에 마음이 상하면 천하 일미도 맛이 떨어질 일이었다. 후식이 들어갈 무렵 2대 딸은 자리에 없었다. 화장실에 간 모양이었다.

후식을 세팅해 주었다. 잠시 후에 3대들이 계산을 하러 나왔다.

"잘 먹었습니다. 듣던 대로 몸이 개운하네요."

덤덤한 인사와 함께 3대들이 가게를 나갔다.

"그냥 가네?"

뒤에 있던 종규가 중얼거렸다.

"그냥 안 가면?"

"죽여 말이야. 효과를 못 본 건가?"

고구마묵을 만들 때 민규가 설명했던 죽여의 효능. 그걸 아는 종규였기에 아쉬운 눈치였다.

"오늘만 날이냐? 하루 이틀 시간이 걸릴 수도 있지."

민규가 웃었다. 출혈이 멈추도록 약재량을 맞췄지만 은밀한 곳의 일. 쉽게 확인하기도 어려울 일이었다.

잠시 숨을 돌리나 싶을 때 차량 한 대가 들어왔다.

"셰프님."

차창을 내리고 인사하는 사람은 왕치등이었다.

"가서 테이블 치워라."

종규에게 지시를 내리고 왕치등을 맞았다. 그는 60대 초반의 중국인을 대동하고 있었다.

"오라고 하시기에 진짜로 왔습니다. 이쪽은 저희 부사장님이십니다."

그가 중국어로 동행을 소개시켰다.

"잘 오셨습니다. 들어가시죠."

민규가 내실을 가리켰다.

그런데…….

기우뚱!

초로의 부사장이 한쪽으로 기울었다. 기울기만 한 게 아니라 뻣뻣하기도 하다.

'마비?'

그제야 알았다. 부사장은 왼쪽 수족에 마비가 온 사람이었다. 피로 때문인지 몸도 야윈 편에 속했다.

"앉으시죠."

왕치등은 그를 각별히 대했다. 젊은 사장과 초로의 부사장. 보통 사이가 아닌 건 분명해 보였다.

"우리 부사장님은 오늘 아침에 한국에 도착했습니다. 한국 측 기업과 MOU를 체결하려니 아무래도 우리 부사장님이 필요해서요. 아시다시피 제가 신사업 구상이다 뭐다 해서 유럽과 아프리카를 돌면서 자리를 좀 비웠더니… 게다가 주석께서 한국 대통령께 약속하신 것도 있고……."

"예……."

"급히 부르고 나니 염치가 있어야지요. 해서 부사장님에게도 셰프님 요리의 기적을 보여 드렸으면 좋겠는데 마침 청와대에서 한 약속이 떠올라요. 물론 농담이셨겠지만 혹시나 싶어서 전화를 드렸습니다."

"농담 아니었습니다."

"하긴 주석님 앞이었죠? 게다가 죽은 사람도 살릴 수 있다고 하셨고."

"그랬었죠."

"그것 때문에 더 부사장님을 모시고 싶었습니다."

"왼쪽 마비시죠?"

"맞습니다. 이게 다 저 때문입니다. 제가 자리를 비운 사이에 굉장한 사건 사고들이 많았는데 혼자 처리하시느라 엿새

밤을 새우셨다네요. 그 과로 때문에 부작용으로… 상세한 건 부사장님이 말씀하시죠."

"사장님."

부사장이 황당한 표정을 지었다. 병원이 아닌 요릿집. 그런데 의사를 만난 듯 아픈 곳을 말하라니 상황 파악이 되지 않는 것이다.

"병은 자랑하라는 말이 있지 않습니까?"

왕치등은 웃고 있지만 완곡하다. 별수 없이 부사장의 입이 열렸다.

"제 마비는 특발성 진전, 혹은 본태성진전이라는 진단을 받았습니다. 갑자기 손발에 이런 현상이 왔는데 뇌 검사부터 근전도검사까지 다 받았지만 의미 있는 결과를 얻지 못했습니다. 약은 항불안제와 베타차단제 등을 받았는데 그것도 그다지… 아무튼 이 현상은 긴장하거나 집중, 무리를 하면 심해지는 경향이 있습니다. 병원 약과 재활치료로는 낫지 않아 중의학 약재를 구하거나 침의 달인이라는 분들도 많이 만나보았지만 약간의 차도만 보았을 뿐 낫지는 않고 있습니다."

부사장의 설명이 나왔다.

'특발성 진전, 혹은 본태성진전……'

병명부터 고약하다. 특발성이나 본태성이라는 말은 한마디로 '몰라'의 '있어 보이는' 표현과 다르지 않았다.

"어떻습니까?"

왕치등이 물었다.

"일단 이 물부터 드시고 계십시오. 요리를 준비해 보겠습니다."

열탕에 요수를 한 잔씩 소환해 놓았다. 열탕은 경락을 통하게 하니 마비 퇴치에 도움이 될 물이고 요수는 지친 위장을 달래고 식욕을 올리려는 구성이었다.

"가능하다는 겁니까?"

왕치등이 민규를 바라보았다.

"사장님의 경우보다는 나을 것 같습니다."

민규, 푸근한 미소를 남기고 내실을 나갔다.

"사장님……."

민규가 나가자 부사장 눈빛이 착잡해졌다.

"궁금한 게 많으시죠? 설명드리겠습니다."

"저분이 의사 출신입니까?"

"한국의 정통 전통요리사로 약선요리의 대가라고 알고 있습니다만."

"저 나이에 양국 정상 만찬 주관… 대단하군요. 하지만 그렇더라도 약선요리라는 게 기운을 돋우거나 보양이 되는 것이지 어찌……."

"죽을 뻔한 저를 구한 사람이니까요."

"그건 사장님 천운입니다."

"주석님을 감동시킨 약선은 어떻게 설명할까요?"

"그건 그저 기분 문제였거나……."

"그렇다면 쑨빙빙 회장은요? 알고 보니 저 셰프께서 쑨빙빙 회장님의 건강도 찾아주었더군요."

"쑨빙빙 회장도요?"

"중국 땅에서 명의나 탕제의 대가, 침술 대가들까지 찾아다니며 많이도 속지 않았습니까? 옛날 진시황도 불로초를 구할 때 이쪽 땅으로 사람을 보냈다고 하니 한 번만 속아보시기 바랍니다."

민규는 약재 창고에 있었다.

마비…….

그 또한 오장에서 출발한다. 그러나 부사장의 오장은 확실한 이상을 보이지 않았다. 그중 약한 건 위장이지만 심각할 정도는 아니었다.

그의 체질은 火형에 가까운 木형.

식성도 극단에 치우치지 않았으니 특발성이니 본태성이니 하는 진단이 나올 법도 했다.

'오장을 배제하면…….'

그냥 국소성이다. 예를 들면 외상은 오장과 관계없다. 외상 자체를 치료하면 그만이다. 그런데 그 외상을 굳이 오장과 연결하려고 하면 더 문제가 생긴다. 원인 규명은 필요하지만 모든 질병이 규명되는 것은 아니었다.

그러나 기는 많이 상해 있었다. 아픈 사람의 특징이다. 몸에 이상이 생기면 사람은 고민한다. 고민은 기를 시들게 한다. 기가 시들면 이상은 조금씩 심해진다.

큰사슴기름 미지(麋脂).

첫눈에 들어온 약재였다. 팔다리를 쓰지 못하는 병에 좋다.

잠사도 마비에 좋다. 고본(藁本) 또한 마비에 잘 듣는다. 마비의 시작이 근육이라면 의외로 모과와 제피로도 잡을 수 있다. 모든 질병의 장악은 결국 임계점 돌파다. 몸 안의 질병을 적으로 치면, 그 적의 기세와 규모를 정확히 알고, 단숨에 섬멸할 수 있는 임계점을 맞춰야 하는 것이다. 어설프게 건드리면 오히려 부작용이 생긴다. 어떤 면에서는 전투와 같다. 이길 수 없다면 건드리지 않는 게 좋다. 잘못 자극했다가는 엄청난 화마를 맞을 수도 있었다.

눈을 감고 부사장의 혼탁에 집중했다. 큰사슴의 기름을 매칭시켰다. 원잠아도 붙여보고 고본도 대조해 보았다.

'이게 좋겠군.'

민규의 선택은 잠사였다. 부사장의 혼탁과 궁합이 제대로였다. 잠사(蠶砂)는 햇빛에 말린 누에똥이다. 말똥에 이어 똥이 꼬리를 무는 것. 잠사는 따뜻한 성질이 있어 마비에 쓰고 배가 아플 때도 사용한다. 부사장의 경우는 마비의 혼탁이 깊어 많은 똥이 필요했다.

"황 사장님!"

황창동에게 급전화를 때렸다.

—걱정 마. 내가 초특급 퀵으로 보내줄 테니까.

황창동의 대답은 시원했다.

내친김에 후식도 마통차로 결정해 버렸다. 마통차는 눈을 밝게 하고 지방기를 씻어낸다. 곧 혈액이 맑아지는 것이니 마비에도 나쁘지 않았다.

주방으로 돌아오자 재희가 젖은 봉투 하나를 내밀었다.

"뭐야?"

"방금 전 나간 3대 테이블에 있던 거예요."

"돈?"

봉투를 열어본 민규가 고개를 들었다. 5만 원권 네 장이 들어 있었다.

"메모 있어요. 제가 테이블을 빨리 치우느라 미처 확인을 못 하는 바람에 젖었어요."

메모는 봉투에 붙어 있었다.

[생리혈이 멈췄어요. 너무 고맙습니다, 셰프님. 복받으실 거예요.]

메모는 짧았다. 아까 화장실에 가더니 확인을 한 모양이었다. 이해가 갔다. 생리는 여자의 특성이지만 대놓고 말하기는 쉽지 않은 일. 어린 딸까지 있으니 이렇게 마음을 남겨두고

간 2대 딸이었다.

"이분 예약 전화 있지?"

"네."

민규가 묻자 재희가 번호를 가져왔다. 전화를 걸었다.

"안녕하세요? 여기 초빛인데요."

—어머, 셰프님.

2대 딸이 전화를 받았다.

"약선요리 맛나게 먹고 가신 것만 해도 고마운데 왜 돈을 놓고 가셨어요?"

—그거… 너무 고마워서요. 제가 생리혈 때문에 얼마나 마음고생을 했는지 모르거든요. 그 좋아하던 수영도 못 하고……

"그러셨어요?"

—지금 수영장 가는 길이에요. 생각만 해도 너무 좋은 거 있죠?

"이 돈은 맡아둘게요. 그러니까 나중에 오셔서 요리로 드시고 가세요."

—안 돼요. 그건 제 마음의 표시예요!

"마음의 표시라면 또 와주세요. 셰프에게는 단골이 힘이거든요."

—정 그러시면…….

"그럼 좋은 시간 되세요."

인사를 들으며 전화를 끊었다. 돈은 재희에게 맡겼다. 메모해 두었다가 2대 딸이 오면 요리비로 공제하도록 조치를 했다. 괜히 히죽히죽 행복한 웃음이 났다.

—약선유채죽.

—약선사삼병.

—궁중증즉어.

—약선견전병.

—부각 3종.

요리는 다섯 가지 메뉴로 정했다.

메뉴가 정해지니 순서가 필요했다. 부사장, 눈치를 보니 민규의 약선요리에 냉소적이다. 이런 사람에게는 빠른 승부가 필요했다. 의심하는 마음이 강해지면 임계점도 변할 수 있는 까닭이었다. 그러나 현재 확보된 잠사로는 전격 승부가 어려웠다.

'유채죽과 증즉어, 사삼병으로 오장을 북돋은 다음에……'

마무리는 잠아를 주재료로 한 견전병으로.

그게 정석이었다. 그러나 흡족한 결정은 아니었다. 결국 증즉어에 들어가는 국수 반죽에 잠아를 섞어 '약발'이라도 느끼게 하기로 했다.

어라?

이거 감이 오네?

그 확신을 주는 것이다. 그렇게 하면 승부구로 나갈 메인

견전병의 효력도 빠르게 나타날 수 있었다.

"여기요."

식재료 오더를 받은 재희가 유채를 골라 왔다. 여린 줄기와 잎이었다. 한 잎 따서 깨물어보니 상큼하니 좋았다. 유채는 폐와 간, 비장 등에 작용한다. 보기에는 여리여리하지만 쓸모가 쏠쏠한 것이다. 더구나 이 유채 또한 마비를 다스린다. 시너지가 될 일이었으니 다른 죽에는 눈길도 주지 않았다.

"부각 좀 부탁해."

지시를 내리고 붕어 대신 잉어를 골랐다.

톡톡!

우레타공으로 뼈와 잔가시를 깔끔하게 분리해 낼 때 낯선 목소리가 어깨를 넘어왔다.

"재주가 신묘하구려."

부사장이었다. 그의 시선은 분리된 생선 뼈에 있었다.

"잠아로군요?"

그가 약재를 돌아보았다. 칼질하던 민규 손이 멈췄다.

이 사람…….

약재를 알고 있었다. 그것도 정확히.

"먼저 세상을 뜬 형님이 중의학을 하셨거든요. 황기와 두충, 복령에 감초… 감초는 우리 중국 것이군요."

다른 약재를 보는 눈도 정확했다.

"……"

"잠아가 내 요리에 들어갈 약재입니까?"

돌직구가 날아왔다.

"그렇습니다만……."

"듣자니 셰프께서는 요리로 죽은 사람도 살린다면서… 이제 보니 요리가 아니라 한약을 먹는 겁니까?"

"부사장님, 약선요리란……."

"우리 형님 말씀이 오미로도 오행을 이뤄 오장을 다스릴 수 있다 하시더이다만."

"……?"

"신 음식에 쓴맛을 더해 조화를 이루면 간을 살리고 심장을 살리니 맛까지 좋더라. 매운맛에 짠맛을 더해 조화를 이루면 폐와 신장을 살리니 오미상생에 오색상생이라. 사장님 말씀이 기막힌 전통요리라기에 마비 완치는 몰라도 먹는 동안이라도 시름을 잊을 수 있으려나 했더니 약재요리라……."

"부사장님."

"약재로 인한 완화는 약 기운이 있을 때뿐이니 호전의 느낌이 오더라도 아침에 일어나면 사라질 게 아닙니까? 그런 경우는 수도 없이 겪었습니다."

"……."

"한약 또한 사슴의 기름부터, 지네, 모과환까지도 먹어봤습니다만 그런 식이라면 굳이 요리에 숨겨 먹을 필요가 있을까요?"

"……"

"아쉽군요. 한국의 식재료들이 성분이 좋으니 한 접시 푸근하게 먹으면서 잠시 마비를 잊는 호사를 누릴까 했는데 역시……."

부사장이 발길을 돌렸다. 다시 저절로 리딩되는 그의 혼탁들. 민규가 내준 물은 한 방울도 마시지 않았다. 혼탁의 변화가 없는 것이다.

민규!

뒤통수를 후려 맞은 기분이었다. 부사장은 이미 많은 처방을 거쳐왔다. 매번 실망하다 보니 이제는 기대조차 내려놓았다.

물론 민규는 달랐다. 큰사슴의 기름만으로도 마비를 풀 자신은 있었다. 모과도 마찬가지였다. 잠아를 택한 건 효율성과 궁합의 문제일 뿐. 그러나 그의 한마디는 비수가 되어 가슴에 박혀 있었다.

당신, 요리사요, 한의사요?

요리사라면 식재료만으로 가능성을 보여보시오.

부사장의 속마음이었다.

"아, 진짜… 병만 낫게 해주면 되지 뭔 말이 저렇게 많아?"

카운터의 종규가 다가와 핏대를 올렸다.

"그렇지?"

"내 말이 맞잖아."

"그래. 맞다. 문제는 저분 말처럼 여기가 병원이 아니라 음식점이라는 거지."

"형."

"손님 까탈스러운 게 한두 번이냐? 음식점 하려면 각오해야 하는 일이고."

"뭐래?"

"나는 최고 요리사다. 그러니 누구든 닥치고 내 요리 먹을 사람은 오고 이의 제기 할 사람은 오지 마라. 그런 셰프가 있다면 어떻게 될까?"

"당연히 쪽박 차겠지."

"방금 저분 입장이 그런 거잖아? 자기 생각을 전달한… 그러니 좋은 셰프라면 손님 입장을 이해해야겠지?"

"……!"

종규 눈이 휘둥그레 변했다. 듣고 보니 그랬다.

민규는 다시 식재료 창고 문을 열었다. 버섯부터 당근까지 많은 재료들이 보였다. 별 다섯 미슐랭 레스토랑에 부럽지 않은 퀄리티의 식재료들. 부사장 말을 듣고 보니 이들에게 미안한 마음이 들었다. 늘 최고를 고집해 사들이면서 한편으로 무시한 꼴이 되고 말았다.

'미안.'

식재료들에게 마음을 전했다.

'괜찮아요.'

식재료들이 속삭였다.

'그럼 누가 이 임무를 맡아볼까?'

민규의 시선이 식재료를 스캔했다.

'속 빈 채소들……'

대파, 쪽파, 대나무, 미나리…….

속 빈 식물은 구멍을 뚫는다.

고추, 피망, 파프리카…….

다른 채소도 눈에 들어왔다. 속이 빈 동시에 매운맛을 지닌 것들 역시 뚫는 힘이 강하다.

'고사리싹, 보리싹, 새싹순, 새순나물, 어린쑥……'

이번에는 싹이다. 싹 역시 뚫는 힘이 강하니 막힌 것을 뚫고 몸에 길을 내준다. 마지막이 향이었다. 스트레스를 받으면 기가 뭉친다. 어깨가 뻑뻑하고 목덜미가 굳는다. 한의학에서 말하는 울체가 바로 이것이었다. 이렇게 뭉쳐서 막힌 기운은 향으로 풀어낸다. 몸에 들어오면 바람이 되어 굳은 것을 흩어 버리는 것이다.

깻잎, 향채, 생고추, 생마늘, 쑥갓…….

제외한 건 부추뿐이었다. 부추 역시 매운맛에 향이 나지만 위의 것들과 반대의 약성을 보인다. 땀구멍을 막아버리는 것이다.

'대파밀쌈.'

골똘하던 민규, 특별한 전채 하나를 구상해 냈다.

준비물을 골랐다.

—대파, 쪽파, 새순나물, 쑥갓, 고사리순, 당근, 유황오리.

간단했다.

유황오리부터 삶았다. 유황오리는 해독력의 화신. 독성 또한 마비의 원인이 될 수 있으니 그만한 육류가 없었다.

물은 자작나무 수액을 썼다. 수액은 솟구치는 힘이 있으니 마비에 도움이 될 일. 열탕과 천리수를 더해 효과를 높여주었다. 대파와 쪽파 역시 그 물에 살짝 삶아 건졌다. 당근은 긴 채로 썰어 들기름에 볶아내고 오리 살은 가늘고 길게 찢어 매콤하게 양념을 했다. 마지막으로 대파를 갈라 넓적하게 펼쳐 놓으니 준비는 끝.

식재료를 두고 부사장의 마비와 대조를 했다. 약했다.

새순나물을 뒤져 성분이 월등한 것들만 골랐다. 고사리순과 쑥갓도 그랬다. 그제야 겨우 마비에 노크할 정도가 되었다. 짜릿, 기별 정도는 줄 수 있는 것이다.

넓적하게 펼친 대파에 오리 살과 새순나물, 쑥갓, 고사리순을 넣고 말아냈다. 대파는 두 장씩 놓았다. 마비에 기별을 주려면 그 정도가 필요했다. 그렇다고 세 장을 놓으면 식감이 떨어질 일이었다.

대파밀쌈이 나왔다. 겉면은 쪽파의 푸른 잎과 당근채로 가볍게 묶어주었다. 흰 대파 위의 청홍 매듭이 품격을 더해주었다.

참나물소스에 생고추즙을 한 방울 떨궈 한쪽 끝에 가지런히 뿌렸다. 그 위에 들깨가루를 올리니 대파밀쌈의 완성. 왕치등의 몫으로 만든 유자양갱을 함께 들고 내실로 향했다.

"전채입니다."

대파밀쌈을 부사장 앞에 내려놓았다. 그의 시각과 후각이 대파밀쌈을 스캔했다.

큼큼!

냄새를 맡아보지만 약재 냄새는 나지 않았다.

"전채부터 포스가 다르네요."

왕치등이 슬쩍 분위기를 잡아주었다.

"말씀하신대로 오직 식재료로만 만든 약선입니다. 곰곰 생각하니 부사장님 말씀에 일리가 있어 최선을 다해보았습니다. 다만 이 약선으로는 마비가 다 풀리지 않을 것이니 드시고 마음에 들면 약재를 첨가한 약선을 허락하시기 바랍니다. 부사장님의 마비는 나름 깊어 식재료만으로는 낫게 하기 어렵습니다."

설명을 남긴 민규가 문으로 향했다.

"아."

문 앞에서 민규가 고개를 돌렸다. 시선은 요수 물컵에 닿았다.

"물에 입도 대지 않으셨는데… 왼쪽 잔만이라도 함께 드시는 게 좋습니다."

시선과 달리 민규가 지목한 건 오른쪽의 열탕이었다.

"두 분이 무슨 일이 있었습니까?"

양갱을 집어 든 왕치등이 부사장에게 물었다.

"하도 유명한 셰프시라니 주방을 좀 구경했을 뿐입니다."

부사장이 웃었다. 웃는 사이에 내뿜은 날숨이 들숨이 되어 돌아왔다. 사실은 시장기도 없는 상황. 그런데 이 날숨이 묘한 기폭제가 되었다. 어쩐지 입맛이 도는 것이다.

"들어보세요."

왕치등의 권유 속에서 대파밀쌈을 바라보았다. 기폭제의 근원은 이 요리였다. 중국이나 베트남에서 많이도 보았던 밀쌈. 그러나 특이하게 대파 껍질로 말아놓은 고기와 채소들……

'자존심은 있다?'

부사장이 밀쌈 하나를 들었다. 사장 체면을 보아 시늉은 낼 생각이었다. 밀쌈은 딱 한 입 크기였다.

우물!

무심하게 밀쌈을 씹었다. 목으로 넘겼다. 그대로 젓가락을 놓으려는데 뭔가 허전한 느낌이 들었다.

'하나는 좀 그렇지?'

또 하나를 집었다. 그 역시 무심하게 먹어 치웠다. 두 개를 먹었으니 사장 체면은 차려준 것. 입가심으로 물잔을 들었다. 민규가 말한 열탕이 아니라 그 옆의 요수였다. 일부러 그런 것이다.

"······?"

물잔을 내려놓기 무섭게 군침이 느껴졌다. 군침의 타깃은 다시 밀쌈이었다.

'하나만 더 먹어볼까?'

젓가락을 들었다. 그렇게 넘어간 세 번째 밀쌈, 왼 수족의 마디가 짜릿하게 반응을 했다.

'응?'

오른손으로 왼손 팔뚝을 주물렀다. 늘 통나무 같던 팔에 쩌릿한 느낌이 왔다.

'설마?'

···하는 마음이 드니 민규가 말한 물이 궁금해졌다. 이 물은 뭐가 다르길래? 부사장이 열탕을 마셨다.

그러자······.

"······!"

부사장이 꿈틀 반응을 했다. 쩌릿한 느낌이 더 강해진 것. 그 느낌은 마치 피가 통하지 않다가 통하게 될 때의 그것과 같았다. 만지면 감각이 없는 살집. 그러나 시간이 지나면 빠르게 정상이 되는 느낌······.

물컵은 민규의 노림수였다. 요수에 이어 열탕을 마셔주면 좋을 일. 그러나 어깃장을 놓는 성격을 감안해 거꾸로 알려줬던 것이다.

부사장은 본능적으로 밀쌈을 바라보았다. 이제는 매혹적인 향까지 느껴졌다. 들깨와 쑥갓 향이었다. 그의 체질이 선호하는 식재료. 꿀꺽, 난폭한 군침이 고였다. 부사장의 손이 저절로 움직이기 시작했다. 그는 여덟 개의 밀쌈말이를 다 해치워 버렸다.

쩌릿!

시선은 팔뚝에, 허벅지와 종아리에 있었다. 마비가 다 풀린 건 아니었다. 그러나 마비의 면적과 강도가 줄어들었다. 부사장 안으로 들어간 식재료들. 뚫고 헤치고 풀어내며 마비의 실드를 무너뜨린 것이다.

민규가 들어선 건 그때였다.

"……!"

부사장은 민규 눈을 피하지 못했다. 민규는 그의 체질창을 읽어냈다. 제대로 잽을 날려준 대파밀쌈. 덕분에 부사장의 팔다리 혼탁은 제대로 금이 가 있었다.

"이제 약선요리를 올려도 될까요?"

부사장에게 물었다. 그는 대답하지 못했다.

"당연히 주셔야죠. 부탁합니다."

대답은 왕치등의 입에서 나왔다. 부사장이 거부하지 않으니 주방으로 돌아왔다.

―약선유채죽.

―궁중증즉어.

―약선사삼병.

─부각3종.

요리에 착수했다.

─증즉어.

원래 준비하던 첫 번째 요리. 증즉어는 붕어요리로 '요록'에 전한다. 배에 국수와 부추, 파 등을 넣고 쪄내는 게 특징. 원기 회복에 더불어 장수를 기원하는 데 좋았으니 붕어와 잉어에 의미를 두는 중국인들에게는 더욱 좋았다.

쓴 대파를 넣고 부추는 제외했다. 구멍을 닫는 기운이 있으니 여기서는 궁합이 맞지 않았다. 대신 새순나물과 깻잎을 더하고 죽력을 첨가했다. 죽력 역시 막힌 것을 청소하고 뚫는 데 일가견이 있었다.

사박사박!

밀가루 반죽을 치댔다. 비로소 잠아가 들어갔다. 양이 적지만 금 간 마비에 한 방 더 먹여줄 정도는 되었다. 이 요리를 먹는 동안 잠아가 도착하면 '약선견전병'으로 카운터를 날릴 계산이었다.

원래는 국수를 익혀 넣지만 생면으로 넣고 찜솥의 불을 댕겼다. 대신 잉어 배를 살짝 벌려둔 게 포인트였다. 국수가 익으면 잉어 살에 잠아의 성분이 고루 배어 부사장의 마비를 계속 몰아붙일 수 있었다.

체질 저격식으로 준비한 사삼병까지 나오니 요리가 끝났다. 부각은 재희가 준비한 까닭이었다. 왕치등의 것은 역시 다

른 재료를 썼다. 그는 익기(益氣)가 필요했으니 약한 쓴맛을 더
해주었다. 국수 반죽에는 곰취즙을 넣었고 유채죽에는 홍삼
가루를 첨가한 것. 겉보기에는 비슷하지만 효과는 아주 다른
두 개의 요리가 나왔다.

"이햐!"

요리가 들어가자 왕치등이 반색을 했다. 질박한 그릇과 함
께 고명과 소스, 장식 등이 예술이었다. 어떤 것은 산수화요,
또 어떤 것은 들꽃의 요람처럼 보이니 입맛에 더불어 시각까
지 시원해졌다.

"천천히 드시고 계시면 남은 요리를 올리겠습니다. 한 가지
가 남았거든요."

"한국 쪽 관련 부처 장관에게 전화가 올지 모르는데⋯⋯."

민규 말이 끝나기도 전에 부사장 시선이 핸드폰으로 옮겨
갔다.

"일단 드시죠."

왕치등이 먼저 수저를 들었다.

마당으로 나오자 오토바이 소리가 들렸다.

"형, 퀵이야."

종규가 입구를 가리켰다. 황창동이 보낸 퀵이 들어오고 있
었다. 역시, 신용 하나는 기가 막힌 사람이었다.

"⋯⋯!"

하지만 물건을 받아 든 민규는 사색이 되고 말았다. 퀵이

가져온 약재는 잠아가 아니라 구인(蚯蚓), 즉 지렁이가루였다.

"어, 그럴 리가 없는데?"

퀵 배달원이 헬멧을 벗었다. 자신의 배달 기록을 살펴본다. 그러고는 하얗게 질려 버렸다.

"아이고야, 오는 길에 있는 한의원에 배달한 물건하고 바뀐 모양이네."

"예?"

"후딱 가서 바꿔 오겠습니다. 어쩐다, 벌써 써버렸으면 곤란한데."

퀵이 기수를 돌렸다. 황당하지만 뭐라고 할 수도 없는 일, 꼼짝없이 또 기다릴 수밖에 없었다.

그러나 내실의 부사장 사정은 달랐다. 하필이면 지방으로 내려간 장관이 귀청했다는 연락이 온 것. 차관보의 주선으로 장관을 만나기로 했으니 비즈니스가 우선인 그였다.

"가신다고요?"

호출을 받은 민규가 물었다.

"일이 그렇게 되었네요. 오늘 꼭 만나야 할 한국의 장관께서 부처로 돌아오셨다고 하니……."

"한 가지 요리를 더 드셔야 하는데요?"

민규가 부사장을 바라보았다.

"이 정도면 되었습니다. 솔직히 큰 기대 없었는데 손발의 느낌이 한결 부드럽네요. 아까 첫 느낌 같아서는 정말 낫는가 싶기도 했습니다……."

부사장이 뒷말을 흐렸다. 포기의 목소리였다. 기미가 오다가 말았어요. 늘 그랬어요. 그의 눈빛이 반짝거렸다.

"잠깐이면 됩니다. 마지막 요리만 드시면 뻣뻣한 게 확 풀릴 겁니다."

"고맙지만 시간이 없습니다."

"늦은 밤도 괜찮습니다."

"아무튼 고맙습니다."

사장이 계산대에서 카드를 내밀었다.

"그냥 가십시오. 핵심요리를 내드리지 못했으니 돈을 받을 수 없습니다."

민규가 손을 저었다.

"무슨 말씀… 아까 제가 좀 무례한 것도 있고 잠시지만 희망도 품었고… 게다가 남은 요리는 고작 하나라고 하지 않았습니까? 그러니 계산을 치르는 게 맞습니다."

"그 하나가 바로 메인 메뉴입니다."

"내 입장에서는 9할을 먹은 셈입니다. 그냥 가면 인사가 아니니 받으십시오."

"……"

"미안하지만 우리가 바쁩니다."

부사장이 재촉을 했다. 왕치등을 바라보니 그도 난처한 듯 어깨만 으쓱해 보였다. 그사이에 부사장은 카드 대신 500불을 놓고 나가 버렸다.

"아, 진짜……."

왕치등의 차가 마당을 나가자 종규가 한숨을 쉬었다. 까칠한 분위기를 반전시키며 잘 풀려 나가던 일. 퀵 때문에 망치고 말았다. 퀵은 변죽이라도 울리는 듯 그제야 머플러 터진 소리를 내며 도착했다.

"죄송합니다. 마침 개봉하지는 않았더군요."

퀵이 잠아 포장을 내놓았다.

"아저씨, 그러면 뭐 해요? 손님은 이미 가셨는데?"

종규가 쓴소리를 뱉었다.

"그래요? 진짜 미안합니다. 낮에 우리 마누라가 교통사고가 나는 바람에 거기 쫓아갔다 왔더니 정신이 없어서……."

"그래도 배달은 똑바로 하셔야죠."

"그만해라. 사모님 다치셨다잖아."

민규가 종규를 진정시켰다. 닦아세운다고 해결될 일도 아니었다.

"죄송합니다. 퀵비는 받지 않겠습니다."

"아뇨. 받으세요. 대신 배달 한 번 더 하셔야겠습니다."

"예?"

"시동 걸고 잠깐만 기다리십시오."

잠아를 챙긴 민규가 주방으로 뛰었다.

'어차피 시작한 일…….'

왕치등의 테이블은 파장, 그러나 민규의 요리는 끝이 아니었다. 졸지에 요리값을 받았다. 그러나 민규는, 이런 테이블의 돈을 받는 건 원치 않았다.

견전병용으로 준비해 둔 밀가루와 메밀가루, 녹두가루 등을 치웠다. 원래는 세 가루를 10 : 5 : 1의 비율로 반죽하는 레시피. 그 비율을 변형시켜 잠아가루를 채우려던 민규였다. 그런 다음 닭고기와 대파, 양파, 고추, 후추의 양념을 더해 통대나무에 넣고 쪄내려던 계획. 계획을 바꿔 열탕과 국화수의 혼합수에 넣었다. 열탕은 경락을 통하게 하는 뜨거운 물. 국화수는 저린 근육이나 중풍 등에 탁월하니 마시는 차로 응용하는 것이다. 그리고… 마지막 안전 장치…….

톡!

은은하고 구수한 '그것'을 첨가하고 뚜껑을 닫았다.

"됐습니다. 달리세요."

잠아로 만든 차를 챙긴 민규가 퀵 뒤에 올라타며 소리쳤다.

"달려요? 어디로요?"

"일단 큰길로 나가요. 어서요."

"형."

"차 막힐 시간이니까 멀리 못 갔을 거다. 금방 다녀올게."

종규의 우려를 뒤로하고 도로로 나왔다. 달리면서 왕치등에게 전화를 걸었다. 두 번째 재발신을 누르자 그가 전화를 받았다.

"사장님, 이민규입니다."

—셰프님?

"어디만큼 가셨습니까?"

—그건 왜요?

"부사장님 약선요리가 끝나서요. 제가 지금 오토바이로 쫓아가고 있는 중입니다."

—우리를 따라온다고요?

"잠깐이면 됩니다."

—잠깐만요. 운전기사를 바꿔줄게요.

잠시 목소리가 끊기더니 기사의 한국말이 나왔다.

—여기가 천호동 쪽이에요. 이제 곧 천호대교 올라갈 겁니다.

"아, 차 보이네요. 차 잠깐만 세워주세요."

민규가 소리쳤다. 시야에 왕치등의 차량이 들어온 것이다.

"……?"

약선차를 받아 든 부사장은 황당하다는 표정이었다. 그의 무릎 위에는 검토 중인 서류가 가득했다.

"번거롭게 해서 죄송합니다. 비즈니스도 마찬가지지만 마무리가 중요하지 않습니까? 아까는 사실 약재가 부족했는데 늦게나마 약재가 왔습니다. 차 안에서 먹기 편하도록 차로 만들었으니 꼭 마셔주시기 바랍니다."

"그러니까 이 차를 주려고 오토바이를 타고?"

부사장이 물었다.

"서울에서는 퀵이 비행기 다음으로 빠르거든요."

"허어!"

"그럼 왕 사장님, 다음에 또 뵙겠습니다."

"이봐요, 이 셰프님."

왕치등이 소리치지만 민규가 탄 퀵은 저만치 멀어졌다.

"그 사람 참 끈질기군요. 차라면 우리 중국이 더 흔하고 좋은 것을……."

부사장은 찻병을 앞좌석 주머니에 찔렀다.

"한번 마셔보시지요."

왕치등이 권했다.

"검토해야 할 자료도 많고……."

"그래도 여기까지 쫓아온 성의가 있는데……."

"정 그러시면……."

부사장, 마지못해 찻병을 열었다. 사장이 권하니 입만 대고 말 생각이었다. 그런데 그의 미각을 확 잡아채는 냄새가 느껴졌다.

단숨에 후각에 들이치는 은은하고 구수한 향…….

"……!"

홍차 냄새였다. 부사장이 가장 좋아하는 차. 火형 체질에 잘 받는 차이기도 했으니 민규의 안전 장치가 위력을 발휘한 것.

'이거……'

한 모금을 마셨다. 푸근하고 깊은 맛이 좋았다. 그사이에 차는 한국의 부처 앞에 도착했다.

"부장께서도 와계시네요."

왕치등이 먼저 내렸다. 부사장은 찻병을 보고 있었다. 아직 한 모금이 남았다. 아까 같으면 그냥 두고 내렸을 찻병. 자신도 모르게 바닥까지 비워냈다. 그 순간, 왼편 수족에 뜨끔한 기운이 느껴졌다.

"……"

잠시 손을 바라보았다. 쩌릿한 느낌이 왔지만 내실에서의 것보다 거칠고 느렸다. 손가락을 접었다 폈다. 여전히 뻑뻑했다.

푸홋!

부사장이 혼자 웃었다.

나도 늙었군.

이런 걸 믿다니…….

저릿저릿하지만 마비는 강철의 전선을 유지하고 있었다.

"부사장님."

밖에서 왕치등의 목소리가 들렸다. PDA와 서류를 챙겨 들고 나왔다. 바로 그때였다. 차 밖으로 내민 오른발이 중심을 잡고 왼발을 세우는 순간, 발목과 무릎에 터질 듯한 전율이 달려들었다.

"윽!"

돌연한 충격에 PDA와 서류를 놓치고 마는 부사장. 본능적으로 그걸 받아내려고 왼손을 내밀었다.

쩌릿!

이번에는 왼 손목과 팔꿈치였다. 다리에 달려드는 전율과 똑같은 충격이 터져 나온 것. 부사장은 그대로 무너지고 말았다.

"부사장님."

왕치등과 부장이 달려왔다. 기사가 부사장을 부축해 일으켰다.

"잠깐만."

부사장이 기사를 제지했다. 그가 잡아주는 왼팔… 거기 느낌이 상쾌했다. 시원한 느낌이 찰랑거리는 것이다. 주먹을 쥐었다 놓아보았다.

"……?"

제대로 쥐어졌다. 힘을 주어보았다. 힘이 들어갔다. 시선이 다리로 내려갔다. 이번에는 왼 다리를 축으로 삼아 천천히 일어섰다. 턱턱, 지축을 차본 부사장이 왕치등을 바라보았다.

"사장님……."

"마비가 풀린 겁니까?"

왕치등이 물었다.

"그게······."

부사장이 몇 걸음을 걸었다. 왼팔도 함께 움직였다.

"풀린 거 같은데요?"

걸음을 멈춘 부사장이 혼자 중얼거렸다.

"한번 볼까요?"

왕치등이 왼손을 치켜들었다. 그 뜻을 아는 부사장이 그 왼손에 하이 파이브를 작렬했다.

쫙!

"이야, 역시······."

"사장님."

"그러게 제가 뭐랬습니까? 된다고 하지 않았습니까?"

"사장님······."

부사장 눈에 눈물이 맺혔다. 수없이 전전한 명의와 중의학의 대가들. 그때마다 무참히 녹아내린 부사장의 희망. 결국에는 포기하고 말았던 마비가 녹아버린 것이다. 그것도 고작 대파밀쌈과 차 한 잔······.

"부사장의 팔다리가 나은 겁니까?"

부장이 다가와 물었다. 그도 부사장의 지병을 아는 까닭이었다.

"그렇습니다. 한국의 만찬 셰프가 부사장님의 불치병을 깔끔하게 날려주셨습니다."

왕치등이 소리쳤다.

"오!"

부장이 축하의 악수를 내밀었다. 부사장이 그 손을 잡았다. 다시 확인해도 왼 수족은 이상이 없었다. 몸은 기울지 않았고 뻑뻑하던 느낌도 가셨다. 그렇게 좋을 수가 없었다.

"들어가시죠. 장관님께서 기다리고 계십니다."

한국 직원이 청사를 가리켰다.

"잠깐만요."

부사장이 부장의 양해를 구했다. 한국 장관과의 회담은 중요했다. 하지만 지금은 그보다 더 중요한 일이 있었다. 핸드폰을 꺼낸 그가 민규 번호로 전화를 걸었다. 화면에서 번호를 찾아낸 건 왼 손가락이었다. 원래 양손잡이이던 부사장. 날렵하게 통화 버튼을 눌렀다.

—여보세요?

민규 목소리가 흘러나왔다. 이제는 셰프가 아니라 은인의 목소리였다.

3. 거절할 수 없는 행운

"성공?"

종규가 물었다.

"그렇단다."

통화를 끝낸 민규가 웃었다.

"으아, 대박!"

종규가 손을 내밀었다. 짝, 민규도 부사장과 사장의 그것처럼 신나는 하이 파이브를 작렬시켜 주었다.

"뭐래? 아까는 까칠하더니?"

"고맙댄다. 회담 끝나고 인사 온다고……."

"그래도 은혜는 아네?"

"고질병이 있으면 까칠해질 수 있어. 병이 그런 거지 사람이 그런 게 아니니까 마음에 두지 마라."

"하여간 형도 대단해. 나 같으면 차 배달 안 했다."

"배달이 아니야."

"아니면?"

"손님이 두고 간 걸 가져다준 거지. 그분이 예약한 요리가 다 나온 게 아니었으니까."

"……!"

민규의 한마디가 종규 폐부를 찔렀다. 그렇게 생각하니 너무나 당연한 일이 되어버리는 것이다. 종규 어깨를 툭툭 쳐준 민규, 다시 주방에 자리를 잡았다.

셰프!

요리만 만드는 건 아니다. 그 요리를 먹을 수 있는 배려도 해야 한다. 대령숙수들도 그랬다. 왕의 나들이나 야외 연회에 빠진 요리가 있다면 폭설이 와도, 강물이 막아도 가져다줘야 했다.

'왠지 이번 회담도 좋은 결과가 나올 거 같은데?'

저절로 나오는 흐뭇함에 취해 요리를 시작했다.

―산조인호두죽.

―궁중황금칠향계.

―약선삽주석창포설기.

―약선오미자화채.

이번 주제는 '총명요리'였다. 총명은 주로 학생들에게 인기가 좋았다. 그래서 아이들의 생일 예약 손님이 많았다. 맛도 잡고 머리도 잡으려는 부모들의 소망이었다. 산조인은 산대추 씨로 만든 약재다. 허번불안(虛煩不安), 경계정충(驚悸怔忡)을 치료한다. 즉, 간을 보하고, 심을 진전시키며, 정신을 안정시키는 효능이 있다. 숙면과 건망증에도 유용하다. 함께 들어가는 호두는 신장 기능에 더불어 뇌 기능을 활발하게 하며 노화를 방지한다.

좋은 멥쌀을 골라 열탕과 방제수 혼합물에 불린 다음 약탕관에 죽물을 잡았다. 죽물은 멥쌀에서 받아낸 것. 늘 먹는 멥쌀이지만 그 효능도 알뜰하다. 중초를 보하고 기와 혈을 도우며 진액을 생성하지 않는가? 그래서 볼 때마다 고마운 생각이 드는 멥쌀이었다.

죽은 산조인, 호두가루와 함께 끓였다. 이렇게 하면 약효에 더불어 맛과 빛깔까지 살아난다. 그러나 삼령죽이나 생지황죽, 형개죽 등은 재료를 따로 끓이는 게 좋았다.

삽주설기 역시 기억력 쪽이었다. 삽주뿌리는 담습을 없애 머리를 맑게 한다. 함께 들어가는 석창포도 머리를 맑게 해준다. 책상에 오래 앉아 있는 학생들과 머리를 많이 쓰는 직장인에게 좋은 요리였으니 생마를 더해 맛과 느낌까지 더해놓았다.

설기는 원뿔형으로 말아 손으로 반을 끊었다. 끊긴 자리가

자연스럽게 보슬거렸다. 눈처럼 하얀 그 머리에 박하잎 한 장을 놓고 유자와 산수유 과육 실채를 놓으니 싱그러운 느낌이 살아났다. 산수유는 강장제의 역할이다. 몸도 가볍게 만든다. 화채까지 마치니 칠향계도 알맞게 익어 나왔다.

'좋은데?'

칠향계의 황금 코팅이 햇살처럼 반짝거렸다. 내친김에 설기의 바닥에도 황금 코팅을 살짝 입혀주었다.

"요리 나왔습니다."

"우와!"

민규가 들어서자 학생들이 환호를 했다. 학생들의 인솔자는 교감이었다. 아이들은 모두 기능 대회 수상자들. 입상을 하면 한턱낸다던 약속 이행의 자리였다. 교감도 아름답고 학생들도 아름다워 보였다.

찰칵찰칵!

핸드폰 카메라가 미친 듯이 돌아갔다. 심지어는 교감까지도 그랬다. 이렇게 찍고 저렇게 찍고, 결국은 민규까지 불러서 인증 숏을 마친 후에야 시식에 돌입하는 학생들이었다.

"잘 먹겠습니다."

교감에게 전하는 학생들의 합창이 씩씩하게 들렸다.

"키햐, 머리에 불이 켜지는 것 같아."

"그렇지? 마구 똑똑해지는 것 같지 않냐?"

"우리 이러다 서울대 가는 거 아니야?"

학생들이 재잘거리는 소리도 듣기 좋았다.

"자, 이제 방송 준비 좀 할까?"

영업 마감을 하고 테이블 위에 제호탕을 준비했다. 할머니가 돌아간 저녁, 재희와 종규가 함께 둘러앉았다. 한중 정상 만찬의 재현은 세 곳에서 촬영하기로 약속이 되었다. 첫째는 민규의 주방이었으니 여기에서 몇 가지 요리의 시범을 보인다. 두 번째는 차만술의 가게였다. 만찬주에 대한 과정을 찍는 것이다. 마지막은 스튜디오였다. 마무리 요리를 선보이며 완성된 요리를 내는 자리였다. 현장 만찬장에 참석하는 대상자는 민규가 직접 정했다. 소년소녀가장들이었다.

방송국은 이의를 달지 않았다. 각급 교육청에 협조공문을 보내 남학생 10명에 여학생 10명을 선정했다. 이들에 대한 초청 비용은 방송국에서 부담하기로 했다.

그리고······.

아주 특별한 세 사람이 오기로 했다. 미식가 루이스 번하드와 그가 추천한 미식가 클랜튼, 도홍강 등이었다. 클랜튼은 미국과 프랑스, 이탈리아 등지에서 활약하는 미식 사업가였다. 동시에 세계 요리 월드컵 보퀴즈도르의 준비 위원장까지 역임한 엄청난 실력자이기도 했다.

도홍강 역시 세계 미식계의 한 축을 담당하는 사람이었다. 홍콩과 마카오, 미국의 요리 업계에서 신성으로 통한다. 나이는 20대 중반에 불과하지만 미식을 AI에 접목하려는 천재 미식가로 불렸다.

이들 섭외는 방송국 쪽에서 먼저 제의를 해왔다. 한중 정상 만찬에 특별한 의미를 부여하려는 의도였다. 그러나 한편으로는 위험 부담도 있었으니 민규에게 뜻을 물었다.

"절대 환영입니다."

민규의 답이었다. 루이스 번하드만 해도 굉장한 사람. 거기에 클랜튼과 도홍강까지 합치면 한 치의 실수조차 용납되지 않을 수 있었다. 그래서 좋았다. 바짝 긴장할 수 있는 분위기라면 민규에게도 좋은 자극이 될 수 있었다.

"이 셰프."

차만술도 합류를 했다. 빈손이 아니었으니 자주와 민속전한 접시를 들고 있었다.

"금강산도 식후경이잖아?"

넉살 좋게 테이블을 장식하는 차만술. 쑥을 넣은 민속전의 향이 향긋하게 후각을 보듬어주었다.

"새로 만든 거예요?"

종규가 물었다.

"그래. 내일모레 촬영 나올 때쯤이면 절정에 달할 거 같아."

차만술의 입에서 침이 튀었다. 새로 만든 자주가 만족스러운 모양이었다.

"어마어마한 미식가들이 초빙되어 온다면서?"

그가 민규를 바라보았다.

"미식가보다 중요한 사람들이 있는데요?"

"또 누구?"

"아이들이요."

"엥?"

"미식가들은 평을 하는 분들이지만 아이들은 요리를 먹는 사람이잖아요? 당연히 아이들이 우선이죠."

"그, 그렇네?"

"그래서 말인데… 아이들 입맛에 맞는 감주 하나 만들어주실래요?"

"어이쿠나, 그 생각을 못 했네."

차만술이 혀를 내둘렀다. 자주에 정신이 팔려 만찬 시식을 할 사람들이 아이들이라는 걸 잊은 그였다.

"흐음, 좋군요. 저번보다 더 깔끔해진 거 같아요."

민규의 자주 평가가 나오자 차만술의 표정이 다시 밝아졌다.

"지난번에 준비를 해봤으니 식재료와 조리법 등은 알 테고… 문제는 '스페셜'이거든."

민규의 말에 종규와 재희가 귀를 쫑긋 세웠다.

스페셜!

이건 민규의 이벤트였다. 만찬요리의 재현장이지만 아이들에게 그 요리만 내놓을 생각은 없었다. 청와대 만찬의 주인공은 한중 정상이었지만 이번에는 아이들이 주인공. 프로그램의 효과와 시청률의 들러리로 초청한다면 죄가 될 일이니 아이들을 위한 만찬을 따로 준비하는 것이다.

—약선꽃비빔밥.

—황금칠향순(鶉).

—약선꽃만두.

—약선새싹연근김치.

—도행병.

—궁중오색정과.

—약선생마샐러드.

—약선국화결명자양갱.

여덟 가지를 정하고 메뉴를 돌아보았다. 어려운 환경 속에서 꿋꿋하게 살아가는 아이들. 그 상으로는 조금 빈약해 보였다.

'아, 전복김치……'

거기서 좋은 아이템이 떠올랐다. 얼마 전에 담가둔 전복김치였다. 전복이라면 대접하는 분위기가 산다. 게다가 한국인의 DNA를 만드는 김치. 요긴하게 쓸 수 있을 것 같았다.

—궁중전복김치.

스페셜은 아홉 가지로 결정되었다. 아이들은 차를 좋아하지 않으므로 시원한 정화수에 감주를 곁들이기로 했다.

"칠향계가 아니고 칠향순이에요?"

재희가 물었다.

"뭔지 알아?"

"순이라면 메추리잖아요. 메추리 고기 순육(鶉肉)."

"그럼 약선 효과는?"

"메추리 약성까지는 아직 공부를 못 했어요."

"종규는?"

"나도……."

종규도 재희처럼 어깨를 으쓱해 보였다.

"좋아. 그럼 내일까지 메추리 효능하고 관련 요리법들을 알아 오도록."

"내일까지요? 죽었다."

재희가 엄살을 떨었다.

달그락!

장독대로 나온 민규가 항아리 뚜껑을 열었다. 전복김치를 확인하는 것이다. 전복김치는 통전복을 쓴다. 붉나무소금으로 한 숨 죽인 후에 칼집을 깊이 넣어 배와 유자 껍질을 찔러 넣었다. 고춧가루를 쓰지 않으니 아이들의 기호에도 맞고 보기에도 깔끔했다. 배는 전복의 살을 부드럽게 하기 위해 찔렀다. 유자의 역할은 비린 맛을 잡는 것이다. 도톰한 전복 살집 안에 꽂힌 노란색, 흰색의 색감이 보기 좋았다. 전복김치는 전복 껍데기에 담아낸다. 옆에는 황금색 생밤 채를 오려낸 작은 국화를 놓는다.

꿀꺽!

세팅까지 상상하니 더는 참을 수 없었다. 하나를 꺼내 반으로 잘랐다. 종규에게 한 입을 주고 민규도 반쪽을 물었다.

"후와."

종규가 맛깁을 뿜었다. 육질은 부드럽고 맛은 시원하며 담백했다. 그렇게 짜지도 않으니 한 그릇을 먹어도 물리지 않을 맛이었다.

"죽이는데?"

느낌을 말하는 종규 입에서 전복 향이 끼쳤다.

그때 마당으로 세단 한 대가 들어섰다. 장영순의 차였다.

"셰프님."

그녀가 차에서 내렸다.

"연락도 없이 웬일이세요?"

민규가 나와 그녀를 맞았다.

"셰프님 보고 싶어서 왔죠. 지금쯤이면 영업 끝났을 것 같아서요."

"몸은요?"

"보시다시피… 리셋 된 목숨이라 그런지 몸이 아주 새것 같아요."

장영순이 두 팔을 들어 보였다.

"좋아 보이네요. 일단 약선차 한 잔 올릴게요."

"차는 필요 없고 잠깐 드릴 말씀이 있어서요."

장영순이 민규 팔을 끌었다. 둘은 연못가의 테이블에 자리를 잡았다.

"이거……."

장영순이 서류 뭉치를 꺼냈다.

"부동산 매매 계약서요?"

민규가 고개를 들었다.

"자세한 건 묻지 마시고 사인 좀 부탁드려요."

"사인……?"

계약서를 보던 민규가 휘청거렸다. 부동산의 매수인은 '이민규'였다. 게다가 그 땅은 한두 평이 아니었다. 민규의 가게 뒤쪽으로 이어지는 땅을 전부 포함한 것이니 강변까지 닿고 있었다.

"여사님."

"셰프님을 위해 뭘 할 수 있을까 생각하다가 결정한 거예요. 셰프님의 식당… 지금도 나쁘지 않지만 요리 맛에 비하면 빈약한 면이 있어요. 그러니 이 땅까지 포함해서 정자도 짓고 한국형 정원도 만들면 요리에 더불어 손님들이 한결 맛과 정취를 함께 느낄 수 있지 않겠어요. 지금처럼 요리만 먹는 게 아니라 요리에 담긴 한국의 맛과 풍경까지……."

"하지만……."

"이 땅 주인은 셰프님이세요. 제가 사람을 풀어 알아봤더

니 이쪽 지주가 절대 팔 사람이 아니었는데 이번에 공교롭게
도 사업이 어려워지면서 급매로 내놓았다고 해요. 게다가 저
도 김성술 이사장의 회사에 박아두었던 투자금을 회수했더니
여유 자금이 많이 생겼거든요. 그러니 이 땅 임자가 셰프님이
아니면 누구겠어요? 누구보다 이 땅을 가치 있게 쓰실 분이니
사인해 주세요."

"여사님, 이 정도 규모면 매입 가격도 엄청날 텐데……."

"제 목숨을 살리신 분입니다. 돈으로는 따질 수 없어요. 더
구나 셰프님의 요리는 날마다 많은 사람들의 병과 마음에 희
망을 주고 있으니 저로서는 일종의 기부인 셈이지요. 아주 뜻
깊은……."

"여사님."

"이 장영순, 모처럼 제대로 된 일에 기부 좀 하겠다는데 안
된다는 건가요? 그럼 저 여기서 꼼짝도 안 할 겁니다."

장영순은 의자를 밀어내고 맨땅에 앉아버렸다.

"여사님……."

"사인해 주세요. 아니면 진짜 안 갈 겁니다."

"……."

"어서요. 여자들은 찬 땅에 앉으면 병 생기는 거 아시죠?"

"……."

"셰프님."

"알겠습니다. 알았으니까 일어나세요."

"정말이죠? 약속하신 거예요."

"네."

민규가 재차 답하자 장영순이 엉덩이를 들고 일어섰다.

"자, 여기하고, 여기, 그리고 여기요."

그녀가 계약서를 가리켰다. 이제 보니 한 장이 아니었다.

"여사님……."

"아, 남자가 한 입으로 두말하실 거예요? 그냥 확 사인하세요. 제 목숨을 구하듯 시원하게."

그녀가 민규 손을 당겼다. 별수 없이 사인을 했다. 토지 계약서 뒤에는 조경공사 계약서였다. 땅만 사주는 게 아니라 관련 공사까지 전부 포함되어 있었다.

"고맙습니다. 조경공사 시안은 나중에 보내 드릴게요. 저 먼저 가요."

계약서를 받아 든 장영순, 혹여 민규의 마음이 변할까 서둘러 초빛을 떠났다. 최고의 궁중요리와 최고의 약선요리에 걸맞은 주변 환경. 민규가 꿈꾸던 일의 하나가 시금석을 놓는 순간이었다.

"우워어."

계약서에 적힌 금액을 본 종규는 거품을 뿜으며 넘어갔다.

4. 폭탄선언

"어?"

이른 아침, 시장을 보고 오던 차 안에서 종규가 고개를 들었다. 마당의 차 때문이었다.

"누구지? 벌써 촬영 나왔나?"

종규가 민규를 돌아보았다.

"그럴 리가? 촬영은 저녁에 오기로 했는데……."

민규가 고개를 저었다. 차가 마당에 들어서자 궁금증이 풀렸다. 주인공은 왕치등과 부사장이었다.

"셰프님."

민규가 내리자 둘이 깍듯이 인사를 해왔다.

"사장님, 부사장님."

민규도 그들을 반가이 맞았다.

"아침부터 웬일이세요?"

"오늘이 중국으로 돌아가는 날입니다. 실은 어제 오려고 했는데 한국 측과 회담이 잘 끝났고 그쪽에서 접대를 준비하는 바람에……."

왕치등이 답했다.

"그럼 그냥 가시지 그러셨습니까?"

"시간이 빡빡해서 고민 중이었는데 호텔에 조식 먹으러 내려가다 부사장님하고 눈이 딱 맞았지 뭡니까? 부사장님이 밥 한 끼 안 먹으면 어떠냐 하시길래 콜을 하고 달려오게 되었습니다."

"죄송합니다. 저희는 아침 장을 보기 때문에……."

"괜찮습니다. 시간이 넉넉지 않아서 그냥 갈까 싶었는데 얼굴이라도 보게 되니 다행이네요."

"차 한잔 드실 시간도 없습니까?"

"예, 지금 달려가도 빡빡합니다."

"이거, 미안해서 어쩌죠?"

"미안하긴요. 우리 부사장님에게 건강을 되찾아주셨는데……."

왕치등이 부사장을 바라보았다.

"정말 고맙습니다."

부사장이 다시 한번 허리를 숙였다.

"아닙니다. 제게도 큰 가르침을 주셨습니다."

"제가요?"

"요리 말입니다. 진짜 요리사라면 약재로 범벅하지 말고 식재료만으로 해야 하지 않냐는 말씀, 제 가슴에 큰 울림이었습니다."

"그건 제 짜증이었을 뿐입니다. 하도 의미 없는 진단과 치료에 질린 터라……."

"아무튼 덕분에 저 자신을 돌아보는 계기가 되었습니다. 약재가 있다고 너무 쉬운 길을 택하고 있었는데 그에 대한 경종이었습니다."

"이제 알겠군요. 당신이 왜 좋은 요리사인지……."

"예?"

"손님의 말에 귀를 기울인 것 아닙니까? 제가 아는 많은 요리사들은 자신의 요리에 입맛을 맞추라고 강요합니다. 다 맛있다는데 너는 맛없어? 그럼 네 혀가 잘못된 거야, 하고 말입니다."

"……."

"어쩌면 우리 기업의 경영에도 반면교사가 될 것 같습니다. 잘하면 제 몸의 마비뿐만이 아니라 우리 기업의 마비까지 해결할 수 있을지 모르겠군요."

부사장이 웃었다. 건강한 미소에는 꽉 찬 만두소처럼 자신감이 빵빵했다. 중국에서도 잘나가는 기업의 전문경영인. 그도 자신의 잘못에서 배울 점을 찾았다. 그가 왜 능력자인지 알 것 같았다.

"저번 중국 초대 건 말입니다. 진짜 초대해도 되겠습니까? 우리 임원진들에게 셰프님 요리의 감동을 나눠주고 싶습니다. 이제는 증인도 두 명이 되었으니까요."

왕치등이 초청 의사를 밝혔다.

"날을 잡아주시면 시간을 비워보도록 하죠."

민규가 콜을 받았다.

왕치등과 부사장은 아침 햇살을 받으며 멀어졌다. 따사로운 햇살처럼 감미로운 사람의 향기. 이 맛에 약선요리가 즐거운 민규였다.

*　　　　*　　　　*

"준비 끝났습니다."

예약 손님이 모두 돌아간 시간, 민규가 피디에게 문자를 보냈다. 인근 도로에 있던 촬영 차량이 줄지어 마당으로 들어섰다.

"셰프님!"

"이 셰프!"

홍설아와 장광이 먼저 나왔다. 홍설아는 진행을 위해 왔고 장광은 촬영분이 없지만 구경을 나왔다.

"장 셰프님도 오셨어요?"

민규가 인사를 했다.

"내 녹화는 끝났는데 이 셰프가 만찬요리 신공을 펼친다니 그냥 갈 수가 있어야지. 어차피 오늘 오후는 가게 문도 안 여는 날이라……."

"으음, 이거 긴장돼서 요리가 잘될지 모르겠는데요?"

"뭐야? 그게 고수가 하수 앞에서 할 말이야?"

"고수라니요? 행주방의 메인 셰프는 장 셰프님이십니다. 저는 그냥 찬조 출연일 뿐이라고요."

"쳇, 그런 말 말아. 예고편 나간 거 못 봤어? 방송국 게시판이 난리라고."

"그거 제가 동원한 댓글러들이거든요."

"허허!"

민규의 조크에 장광이 웃었다.

"셰프님."

뒤쪽에서 피디가 다가왔다. 그런데… 그 어깨 뒤에 선 사람들이 먼저 민규 시선을 박차고 들어왔다.

"루이스."

민규 눈이 번쩍 뜨이도록 한눈에 보이는 사람, 루이스 번하드였다.

"셰프."

그가 두 팔을 벌렸다.

"바로 이분이 물요리의 마법사이자 약선요리의 제왕이신 이민규 셰프십니다."

루이스 번하드가 뒤를 돌아보았다. 동행한 사람들… 이번 특집 회차에 미식가로 출연하는 도홍강과 클랜튼이었다.

"만나서 반갑습니다."

클랜튼이 먼저 악수를 청해왔다. 젊은 도홍강의 첫인상도 굉장히 쿨해 보였다.

"여기로군요. 우리 루이스께서 극찬해 마지않던 동양 셰프의 커맨드 센터가……."

클랜튼이 주변을 돌아본다. 도홍강도 그랬다. 요리 평가에 바쁜 보통 사람들과는 달랐다. 좋은 요리는 오직 맛 하나만으로 이루어지지 않는다는 사실을 아는 것이다.

"언제 입국하셨습니까? 연락이 없으시길래 내일이나 오시는 줄 알았더니……."

민규가 루이스에게 물었다.

"이 셰프님 만나는 일인데 미룰 수가 있어야죠. 좌석이 없다길래 항공사 사장을 협박해서 한 자리 구했죠."

"귀한 시간 내주시니 고맙습니다."

"저야말로… 세계에서 가장 핫한 한국과 중국… 두 정상의 마음까지 녹인 세기의 만찬을 맛볼 기회를 준다는데 놓칠 수가 있어야죠. 그래서 클랜튼도 같이 꼬드겼죠. 전부터 바람 좀 잡아놨었거든요."

"감사합니다."

클랜튼에게도 인사를 잊지 않는 민규.

"그러니 셰프, 어떻습니까? 이 친구가 지금 말을 안 해서 그렇지 셰프의 약수에 피가 마를 지경이거든요. 한 잔 미리 맛보기 좀 안 될까요?"

"당연히 되죠. 촬영 들어가기 전에 한 잔씩 준비하겠습니다."

민규가 종규를 돌아보았다. 눈짓만으로도 통하니 종규가 유리잔을 내왔다.

쪼르륵!

초자연수를 소환하는 동안, 클랜튼과 도홍강의 시선은 민규의 일거수일투족에서 떨어지지 않았다. 그 표정이 너무 진지해 먼저 물을 내주었다. 루르드나 노르데나우 이상이라는 상지수였다.

"오오!"

"하아……."

한 모금을 머금은 두 미식가가 사이좋게 감탄을 밀어냈다. 또 한 모금을 넘겨도 반응은 같았다. 그들은 마치 보석을 마시듯 음미에 음미를 계속했다.

"셰프님, 사장님과 국장님께서 꼭 인사를 전해달라고… 오늘은 못 오시지만 스튜디오에는 참석하신다고 하셨습니다."

피디가 다가섰다.

특집 편으로 따로 빼주는 것도 흔쾌히 수락한 경영진. 민규는 그 특별 대우를 거절하고 행주방의 특집 편처럼 촬영하는 쪽으로 가닥을 잡았다. 행주방 역시 민규의 제의로 만들어진 프로그램. 기왕 간판 프로그램으로 자리를 잡고 있으니 쐐기를 박아주려는 생각이었다. 민규의 출연은 1회성이지만 행주방은 정규프로그램. 약선요리와 사찰요리의 저변 확대에도 그게 좋았다.

하지만 다른 제의도 있었다.

이민규 역사요리방.

방송국에서 꺼낸 새 프로그램 편성과 전속 출연 카드였다. 방송국 역사상 최고의 회당 출연료는 물론이고 보조나 찬조 출연 연예인, 사회 명사까지 출연 섭외를 보증한다는 옵션까지 따라왔다. 방송은 최소한 300회 이상 보장한다는 내용도 있었다. 그 제의 또한 거절했다. 진짜 셰프는 주방을 지킨다. 스튜디오를 지키려고 분장에 매달리는 자는 이미 셰프가 아니었다. 민규의 신념은 여전히 변하지 않고 있었다.

"물맛 어떠셨습니까?"

민규가 클랜튼에게 물었다.

"루이스의 말을 듣고 왔지만 그래도 믿을 수가 없군요. 한국에 이런 물이라니… 언빌리버블입니다."

클랜튼이 몸서리를 쳤다. 도홍강의 소감도 다르지 않았다.

일찌감치 잔을 비운 그들을 위해 열탕 한 잔을 더 내주고 촬영 팀을 돌아보았다.

"시작할까요?"

"그러죠. 저희는 준비 끝났습니다."

피디가 대답했다.

"홍설아 씨는요?"

"저도요."

대본을 보던 홍설아가 손을 흔들어 보였다. 재희에게 두건을 받아 든 민규가 이마에 두건을 묶었다. 여기는 초빛, 민규의 제국이었으니 황제로서의 점검이었다.

"셋, 둘, 하나!"

피디의 사인과 함께 촬영이 시작되었다.

"정상의 만찬, 셰프에게는 하나의 영광이자 부담입니다. 더구나 세계 양강으로 불리는 미국이나 중국의 정상이라면 더욱 그렇죠. 그러나 이 셰프의 경우라면 이야기가 다릅니다. 부담 속에서도 새로운 시도로 한중 정상회담의 윤활유 역할에 극찬을 받은 셰프……"

홍설아의 멘트가 나왔다. 그녀의 목소리 톤은 전과 달랐다. 먹방에서 팔랑거리던 분위기는 없었다. 어느새 먹거리의 전문성을 갖춘 그녀. 내레이션조차도 자유자재로 조절하고 있었다.

"늘 세간의 관심, 그 중심에 선 이민규 셰프. 이번에는 다른 요리사들이 눈길도 주지 않는 평범, 아니, 어쩌면 평범 이하일 수도 있는 식재료로 만찬식의 신세계를 개척해 놓았습니다. 바로 이 식재료들입니다."

그녀가 몇 가지 이삭을 집어 들었다.

똑새풀 이삭, 지부자 이삭, 보리싹 이삭…….

화면은 또 다른 '소박한' 실물들을 보여주었다. 눈길도 가지 않는 고욤과 투박한 돌배, 그리고 고구마…….

작고 천한 실물이 강조되나 싶더니 화면은 바로 민규에게 옮겨 갔다. 주방의 민규, 그 손끝에서 우아한 변신을 시작하는 요리들…….

주방에서 선보이는 요리는 만찬의 일부였던 '풋콩떡갈비'와 '메추리알밥', '고임떡'과 '약선대추'였으니 편집용으로 들어간 장면들… 대본의 마지막은 생명의 환희였다. 그 또한 편집용으로 강조될 장면이었다.

재현.

그 명제 앞에서 민규는 잠시 생각을 했다. 재현의 포인트는 'Copy'였다. 똑같이 나와야 한다. 그러나 그걸 시식해 줄 사람들이 달랐다. 이제는 주석이 아니라 루이스 번하드와 클랜튼, 도홍강이었다. 약선의 생명은 체질식. 두 가지 명제가 충돌하는 현실이 된 것이다.

'상화병은 상화병.'

미식가들을 의식하는 재주는 부리지 않기로 했다. 오늘은 오직 정상회담 만찬의 재현에 충실할 뿐이었다.

상지수+정화수+요수.

초자연수의 소환도 똑같이 이루어졌다. 심지어는 요리를 하는 동안 쉬었던 호흡까지도 그대로 재현한 민규. 고음청과 냉이, 광대나물도 그날을 기준으로 갈아내고 삶아 접시에 담았다. 오색의 고임떡까지 차곡차곡 맛을 이루자 민규의 촬영용 요리가 마감되었다.

"끝났습니다."

민규의 멘트와 함께 카메라가 Off로 변환되었다.

짝짝짝!

촬영 팀에서 박수가 나왔다. 박수를 묵묵히 받으며 요리가 세팅되었다. 그조차 만찬장에 놓은 순서와 같았다.

마무리는 차만술의 자주였다.

"시식할까요?"

민규가 요리를 가리켰다. 모두가 기다리던 한마디였다. 세 명의 미식가가 테이블로 다가섰다. 시작은 당연히 건배주였다. 향과 색을 점검하고 한 모금씩 넘긴다. 감상하는 태도는 세련미의 극치였다. 최고에 이른 사람들은 확실히 달랐다.

"……"

피디와 홍설아, 장광 등은 숨소리도 내지 않았다. 미식가들은 고임떡의 다섯 부분을 모두 먹어본 후에야 수저를 놓았다.

어떻습니까?

피디가 그들을 바라보았다. 말하지 않지만 그렇게 묻고 있었다.

"클랜튼이 대표로 말씀하시죠."

루이스 번하드가 클랜튼에게 영광을 넘겼다.

"이 맛은… 인간의 DNA에게 에너지를 주는 맛이랄까요? 너무 작아 보잘것없는 식재료들… 그러나 그들이 품고 있는 대자연의 향연을 폭발적으로 이끌어내 미식이 진화하는 동안 잊고 지낸 베이스의 참맛을 보여주는 느낌입니다. 그러니까, 인간이 인간임을 느끼게 하는……."

"도홍강은 어떠신지요?"

루이스 번하드는 도홍강도 잊지 않았다.

"온갖 허세를 배제한 순수함… 마치 원시의 벌판에 벌거벗은 원초의 모습으로 서 있는 듯한… 그리하여 주변의 자연이 나와 하나로 동화되는 것처럼 묘한 활기를 주는… 한중 정상들이 왜 좋은 성과를 냈는지 짐작이 가는 요리입니다. 단언컨대 그들의 성과 절반 이상은 이 요리에서 출발했을 것 같습니다."

"……!"

도홍강의 감상에서 민규 촉각이 반응을 했다.

묘한 활기.

그의 미각은 정밀했다. 상지수와 정화수, 요수의 맛까지도 감지해 낸 것이다. 둘의 말은 통역을 통해 촬영 팀에게 전해졌다. 촬영 팀은 박수로 긴장을 풀었다.

"오늘 촬영분은 끝입니다. 다들 편안하게 시식하세요."

피디의 말과 함께 촬영 팀들이 몰려들었다. 핫하게 부각된 한중 만찬. 마침내 맛을 볼 수 있는 기회가 온 것이다.

"셰프님."

클랜튼과 도홍강이 민규에게 다가왔다.

"좋은 평을 주시니 부끄럽습니다."

민규가 겸손히 둘을 맞았다.

"그보다 이 요리들의 맛… 식재료들 외에 들어간 게 또 있죠? 약수입니까?"

클랜튼이 물었다. 도홍강 역시 같은 눈빛이었다.

"맞습니다."

"오, 역시……"

"맛보여 드릴까요?"

"그래 주신다면……"

"잠깐만요."

컵을 가져다 세 가지 약수를 소환해 주었다. 상지수와 정화수, 요수였으니 그 차례까지도 같았다.

"맙소사……"

"하아아……"

물맛을 본 둘은 몸서리를 쳤다. 요리 전체에 감돌던 활력의 정체… 식재료의 맛을 해치지 않으면서 오묘한 맛으로 작용하던 맛의 실체가 거기 있었다.

'Before', 'After'.

생수와 변환된 약수.

대조하면서까지 맛을 보니 더욱 믿을 수가 없었다. 평범한 생수지만 민규의 손길이 닿으면 변신을 하는 물. 변신의 폭 또한 34가지로 넓었으니…….

"기적의 손이로군요. 기적의 손……."

클랜튼은 혀를 내두르고 말았다. 그걸 바라보는 루이스 번하드의 눈빛이 상큼하게 빛났다.

"아이들 섭외는 다 끝났습니까?"

피디가 다가오자 민규가 물었다.

"아, 순길 씨, 셰프님께 초청 아이들 보고 좀 드려."

피디가 스태프 한 명을 돌아보았다. 직원이 노트북을 들고 와 사진과 동영상을 보여주었다. 선발된 20명의 소년소녀가장들이었다. 아이들의 면면이 하나하나 넘어갔다. 부모가 없거나, 혹은 있더라도 어려운 가정환경 속에서 꿋꿋하게 살아가는 아이들이었다. 사진을 보다 보니 대상을 잘 정했다는 생각이 들었다. 처음에는 유명 연예인들이나 스포츠 스타, 분야별 명장 등을 생각했던 까닭이었다.

그런데…….

"잠깐만요."

한 영상에서 민규 시선이 멈췄다. 나이는 열 살가량. 그런데도 침을 흘리고 있는 아이였다.

"이건 뭐죠?"

"아, 그건… 아무것도 아닙니다. 신청자의 한 명인데 조건이 맞지 않는 것 같아서……."

직원이 얼버무렸다.

"어떤 조건 말입니까?"

"그게……."

"솔직히 말해주세요."

"그러니까… 프로그램 그림과 맞지 않는 것 같아서요."

"침을 흘리니 보기에 좋지 않다 그건가요?"

"그게……."

"이 선발 기준, 프로그램 책임자도 동의한 일인가요?"

"그렇습니다만."

"피디님."

민규가 일어섰다. 온화하던 조금 전과는 달리 돌변한 눈빛이었다.

"예, 셰프님."

"초청하는 어린이들 선정 말입니다. 피디님도 동의하셨습니까?"

"예? 예……."

"여러분!"

민규가 테이블을 향해 소리쳤다. 시식하던 촬영 팀들이 일제히 돌아보았다.

"미안하지만 청사행주방 특별 출연은 취소합니다. 모두 돌아가 주십시오."

민규 입에서 초강경 폭탄선언이 나왔다.

쾅!

핵폭탄의 폭발이었다.

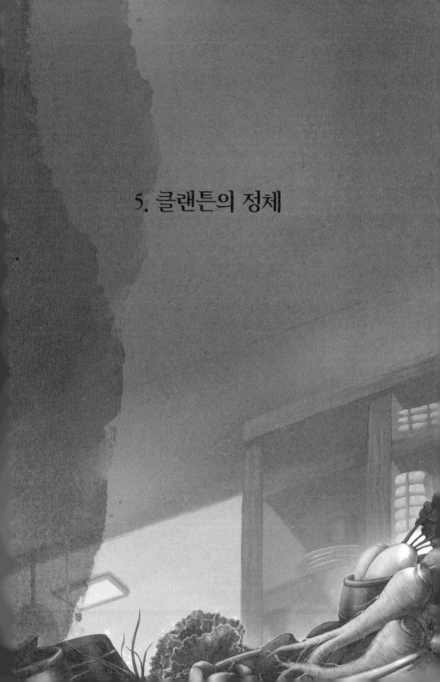

5. 클랜튼의 정체

출연 거부.

민규는 테이블의 음식까지 싹 거두어들였다.

"셰프님."

초강수의 돌발 상황에 피디는 사색이 되었다.

"이 셰프⋯⋯."

영문을 모르는 장광도 하얗게 질리기는 마찬가지. 이미 예고까지 나간 특집 편이었다. 거기에 최고의 미식가들도 도착을 했다. 방금 전까지도 화기애애하던 분위기가 왜 이렇게 되었는지 알 길이 없는 장광이었다.

"셰프님⋯⋯."

피디가 민규를 잡았다.

"놓고 돌아가세요."

"왜 이러시는지 이유라도……."

"내가 당신들에게 속았습니다. 역시 요리 자체가 아니라 시청률이라는 떡밥만 보는 사람들 앞에서는 요리하고 싶지 않습니다."

"셰프님……."

"가라니까요!"

민규가 목소리를 높였다. 격노였다. 지척에서 설득하고 있던 홍설아와 장광이 주춤 물러섰다. 이렇게 화난 민규의 모습은 처음이기 때문이었다.

"……!"

주방 주변이 차갑게 얼어붙었다. 민규의 제국. 그 제왕이 격노한 것이니 누구도 범접하기 어려웠다.

"우리가 뭔가 큰 실수를 했군요. 죄송하지만 알려주십시오. 방송도 때로는 착오가 있습니다. 뭔지 알아야 나중에라도 고칠 수 있지 않겠습니까?"

"당신들이 어린애입니까? 그런 걸 방송 전문가도 아닌 내가 일일이 지적해야 한다는 겁니까?"

"아이들이군요. 선정된 아이들에게 문제가 있습니까?"

"더 말하고 싶지 않습니다."

"아이들 출연 선정까지는 제가 다 챙기지 못했습니다. 촬영

준비와 구상에 몰두하다 보니 통보만 받았는데 말씀을 해주
시면……."

"필요 없습니다. 어차피 당신들은 예쁘고 멋지고 좋은 것만
추구하는 사람들이니 셰프도 미남에 호남으로 핏이 좋은 몸
매를 가진 사람을 찾아 세우면 될 거 아닙니까?"

"순길 씨."

피디가 담당 직원을 돌아보았다. 사색이 된 그가 화면을 열
었다.

"이 화면을 보시고……."

동영상이 돌아갔다. 소년이었다. 웃을 때마다 침이 흘러내
렸다. 보기에 좋지 않았다.

"……."

피디가 감을 잡았다. 열 살 먹도록 침을 흘리는 아이. 그렇
다면 질병이었다. 약선요리를 하는 민규였으니 이런 아이들에
게 더 관심이 갈 수 있었다.

그걸 무시하고 예쁘고 잘생긴 소년소녀가장 중심으로 선
발한 직원. 그리고 관례적으로 덜컥 결재를 해버린 간부
들…….

"꿇어."

피디가 직원에게 말했다. 짧은 한마디였다.

"예?"

"셰프님 앞에 꿇으라고."

"피디님."

"우리가 실수한 거야. 셰프님이 원하는 건 있는 그대로의 소년소녀가장들이었지 그중에서 잘생기고 예쁜 애들만 골라 오길 원하지 않으셨던 거라고."

"……?"

"못 해? 그럼 내가 먼저 하지."

피디가 민규 앞에 무릎을 꿇었다. 그걸 본 직원도 무릎을 꿇었다.

"가라고 했더니 왜 이러는 겁니까?"

민규는 둘을 외면했다.

"셰프님, 제 실수입니다. 직원이 화면 구성을 좋게 하려는 단순한 생각으로 실수한 것 같으니 한 번만 만회할 기회를 주십시오."

"됐습니다. 어차피 그게 방송의 속성 아닙니까? 솔직히 역겨우니까 가십시오. 누가 보면 제가 무릎까지 꿇리고 갑질 한다고 할까 봐 부담스럽습니다."

"갑질은 제가 아이들에게 한 겁니다. 그걸 만회할 기회를 달라는 겁니다."

"셰프님, 한 번만 기회를 주세요."

듣고 있던 홍설아도 가세를 했다. 그녀도 피디 옆에 무릎을 꿇은 것. 그러자 장광까지 다가와 무릎을 꿇었다.

"장 셰프님은 왜요?"

민규가 그를 잡았다.

"나도 이 팀이잖나? 내 책임도 n분의 1은 있는 셈이야."

그러는 사이에 모든 촬영 팀들이 무릎을 꿇어버렸다.

"……!"

이제는 민규가 황당해졌다. 뒤에서 보고 있는 루이스 번하드와 미식가들 때문이었다. 민규의 요리를 맛보기 위해 천 리먼 길을 날아온 사람들. 그들 앞에서 보여줄 풍경이 아니었다.

"좋습니다. 한 번만 기회를 드리죠."

민규의 허락이 떨어졌다.

"고맙습니다. 고맙습니다, 셰프님."

피디가 거듭 고개를 조아렸다.

얼굴이 아니라 꿋꿋하게 살아가는 기준.

선발 방침이 현장에서 바뀌었다. 그러나 이미 선정 통보를 받은 아이들에게 취소 통보를 보내면 좌절의 비수가 될 일이니 그대로 두고 탈락된 여덟 명을 따로 구제하기로 했다. 그 의견은 민규가 냈으니 침을 흘리는 아이는 당연히 구제가 되었다.

[이민규 셰프 초청 특집─왕들의 만찬.]

청사행주방의 특집 편 홍보 화면은 신비 속의 호기심이었다. 민규가 넘겨준 자료를 컴퓨터그래픽으로 구현한 요리들은 시청자들의 시선을 움켜쥐고 놓아주지 않았다. 고대 중국의 왕실요리와 고려의 왕실요리, 나아가 조선시대의 왕실요리까지 이어지니 수라상의 역사와는 그림이 또 달랐다. 그래픽이기에 이의 제기가 나올 우려도 없었다.

그러나 정작 벌어진 시각적, 미각적 충격은 다음에 이어지는 진짜 요리 영상이었다. 장중한 거문고 연주와 함께 펼쳐진 요리의 향연. 그동안 민규가 재현한 궁중요리의 위엄이었으니 컴퓨터그래픽의 섬세함과 색감마저도 비교의 대상이 아니었다.

요리사는 악마.

톨스토이의 말이다.

신은 인간에게 먹을 것을 보냈고 악마는 요리사를 보냈다.

그의 명언이 실감 나는 장면이었다. 인간의 몸을 어떻게 진화시킬 것인가? 어쩌면 그건, 칼로리나 인간의 신체 구조가 아니라 요리사에게 달려 있는지도 몰랐다.

끼익!

민규의 냉장 차량이 방송국 앞에 멈췄다. 놀랍게도 사장과 국장이 나와 기다리고 있었다.

"어서 와요."

사장이 민규를 맞았다.

"안녕하세요?"

민규가 환하게 웃었다.

"이쪽으로⋯⋯."

여비서가 권하는 길을 따라 걸었다. 스튜디오 앞에서 피디와 홍설아, 장광이 손을 흔드는 게 보였다. 녹화의 날이 밝아온 것이다.

"들어요. 이 셰프님의 약수만이야 못하겠지만 티벳에서 온 좋은 차입니다."

사장실의 소파에서 사장이 말했다. 차는 묵직한 초원의 맛이었다. 티벳의 고원은 춥다. 추위를 견디려면 야생초들은 더 단단한 준비를 해야 한다. 그렇기에 맛도 향도 진하게 머금고 있었다.

"소년소녀가장의 초청 문제에 잡음이 있었다고 들었습니다. 방송국을 대표해 사과드립니다."

사장이 정중히 고개를 숙였다. 피디의 보고를 받은 모양이었다.

"⋯⋯."

민규는 반응하지 않았다.

"차후에라도 작위적이고 관습적인 것들이 재발하지 않도록 전 직원들에게 훈시를 내렸습니다."

"기대해 보죠."

짧은 한마디로 인사를 대신했다. 사장의 이런 형식적인 사과조차도 민규에게는 거추장스러울 뿐이었다. 신경 써주는 건 고맙지만 지금은 요리 타임이었다.

"그럼……."

자리를 털고 일어섰다. 무엇보다도 아이들을 보고 싶었다. 오늘의 요리를 먹어줄 손님들. 민규 머릿속에는 그 생각이 바글거렸다.

"이민규 셰프님입니다."

마침내 아이들의 대기실로 들어섰다. 웅성거리던 아이들이 발딱 고개를 들었다.

"안녕."

민규가 손을 흔들었다.

"안녕하세요?"

아이들이 일제히 재잘거린다. 막 잠에서 깨어난 꽃들의 합창 같았다.

요 귀여운 꽃들.

어떤 물을 뿌려줄까?

보여다오.

너희들의 체질.

너희들의 대지인 오장육부에 무엇이 부족하고 무엇이 넘치는지.

리딩 하나조차도 즐거웠다.

민규의 시선이 구석의 남자아이에게 닿았다. 그 아이였다. 열 살 권영후. 예상대로 구석이었으니 침 때문이었다. 그 때문에 자신감이 결여된 얼굴. 그러니 구석에서 혼자 시간을 때우고 있는 것이다.

"권영후?"

민규가 이름을 불렀다.

"네……."

아이의 대답은 기어들어 가는 목소리였다.

"나 알아?"

절레!

고개를 젓는다. 할머니와 단둘이 살아가는 아이. 요리 따위를 탐닉할 여유가 있을 리 없다.

그러니 민규를 모르는 건 너무나 당연했다.

"뭐 좋아해?"

"……."

"말씀드려. 이분이 맛의 마법사 이민규 셰프님이셔."

아이가 침묵하자 인솔해 온 복지사가 거들었다.

"라면요."

아이의 입이 겨우 열렸다.

"또?"

"만두……."

"또?"

"치킨……?"

"또?"

"그거면 돼요."

아이는 새어 나온 침을 닦으며 말을 맺었다.

라면, 만두, 치킨.

달랑 나온 세 단어가 슬프게 보였다. 강철이라도 씹어 먹을 식욕의 열 살 아이. 그 흔한 불고기도 피자도 나오지 않았다. 아이의 생활고를 엿볼 수 있는 장면이었다.

'체이(滯頤)……'

대화하는 사이에 민규는 아이의 질병을 읽어냈다. 침이 제어가 되지 않으면 두 가지 병을 의심할 수 있다.

체이와 구각유연증이다. 영후의 경우는 체이였다. 이 병은 비위가 허하고 냉하기 때문에 생긴다. 배를 따뜻하게 하는 약선이면 해결할 수 있다. 하지만 다른 경우도 있다. 열 때문에 혀가 늘어나 침을 흘린다면 몸의 열을 잡아야 했다. 영후가 여기 속했다.

단지 그것만은 아니었다. 흰 얼굴에 흰자위가 많은 눈, 그리고 살짝 튀어나온 배. 신기가 부족하다는 신호였다.

신기를 함께 보하지 않으면 잔병치레가 그치지 않으니 다시 비위가 나빠진다. 근본 치료가 되려면 신기도 함께 보강해야만 했다. 그렇게 하면 배도 들어갈 일이었다.

스윽!

아이는 그사이에도 입가의 침을 닦아냈다.

"잠깐 나랑 갈래? 복지사 선생님도 같이 가시죠."

민규가 아이와 복지사를 바라보았다. 복지사는 아이를 데리고 일어섰다.

"셰프님."

스튜디오 점검을 하던 피디가 민규를 바라보았다. 방청석에는 루이스 번하드와 클랜튼, 도홍강 등이 도착해 있었다.

그들에게 인사를 하고 조리대로 향했다.

"형?"

식재료 정리를 하던 종규가 고개를 들었다.

"몸 좀 풀려고. 따로 챙겨둔 미만두 재료 좀 먼저 줄래?"

"알았어."

눈치를 차린 종규가 준비물을 대령했다.

"잠깐만!"

숙수복을 입은 민규, 복지사와 영후에게 간이 의자를 내주었다.

"셰프님."

피디는 궁금한 표정이었다.

"이건 찍지 마세요. 영후를 위한 간식이거든요."

"간식이라면……?"

"침을 흘리는 건 제이라는 병입니다. 영후도 멋진 얼굴로 방송에 나오고 싶지 않겠어요?"

"그럼 저 아이용 약선을 먼저 만드시려는 거군요?"

"그렇습니다."

"그건……."

피디가 말끝을 흐렸다.

"문제가 있나요?"

"그런 거라면 오히려 방송과 연계해서 하시는 게 더 좋지 않을까요? 잘하면 굉장히 감동적인 그림이 될 것 같은데요."

"피디님."

"예?"

"한 가지만 묻겠습니다. 오늘 이 특집극, 제 요리를 소개하는 자리입니까? 아니면 아이들의 자존심을 팔아서 시청률 올리는 자리입니까?"

"……!"

민규의 한마디에 피디는 다시 사색이 되었다. 아쉽지만 피디는 머리에 그려진 그림을 지워 버렸다.

"알겠습니다. 셰프님 생각대로 하십시오."

피디가 한발 물러선다. 이미 아이들 초청 문제로 출연 거부까지 선언했던 민규였다. 또 한 번의 파문을 일으킬 수는 없는 일이었다.

"대신……."

피디를 바라보던 민규가 낮은 어조로 말을 이어주었다.

"영후의 침이 멈추면 영후의 허락하에 편집을 하는 건 상관하지 않겠습니다."

민규도 조금은 유연하게 대처했다.

"자, 이 물부터 마셔볼래?"

전채로 물 두 잔을 내주었다. 마비탕과 동상수였다. 마비탕은 허열을 내리는 데 좋고 동상 역시 열로 인한 질병을 다스릴 때 좋았다. 그것 외에도 요수와 조사탕을 준비했다. 두 물은 비위를 보하고 신장에 좋았으니 반죽에 넣을 생각이었다.

—녹두가루, 오이, 참외, 고사리, 아욱.

—닭고기, 검은콩, 밤, 미역, 볶은 붉나무소금.

—후추, 전갈가루.

준비물은 세 종류로 구분했다.

첫 번째는 영후의 열을 내리는 식품군, 두 번째는 신장을 살리는 식품군, 세 번째는 비위의 허함으로 볼록 나온 배를 꺼뜨리기 위한 약선이었다.

그러나 영후 한 아이만을 위해 많은 시간을 허비할 수 없으니 미리 내정한 아이템이 바로 미만두. 열을 내리는 식재로는 녹두와 오이, 참외를 택하고 신장을 보하는 대표로 닭고기를 잡았다.

미만두 규아상이라면 눈을 감고도 만들 수 있는 민규. 붉나무소금 볶은 것, 후추 등으로 간을 맞추고 유려한 모양으로 만두를 빚어냈다. 규아상의 포인트는 속이 청량하게 비치는 투명성. 본래는 오이 색감을 살려 비취빛이 나지만 이 만두는 특이하게 나왔다.

황녹백색.

김이 모락거리는 규아상. 투명한 만두피 안에 감도는 건 세 가지 빛깔의 조화였다.

"먹어봐. 네가 좋아하는 만두, 라면, 치킨이야."

요리를 완성한 민규가 접시를 내밀었다. 거기 놓인 건 규아상 다섯 개에 씨간장소스. 만두에서는 푸근한 닭고기 냄새에 더불어 달큼한 향이 피어올랐다.

"먹어. 셰프님이 너를 위해 만드셨잖아?"

복지사가 젓가락을 들려주었다.

"고맙습니다."

아직도 긴장에 경계심이 풀리지 않은 영후, 겨우 젓가락을 받아 들고 조심스레 한 입을 물었다.

"……!"

영후의 시선은 바로 규아상에 집중되었다. 반은 입으로 들어가고 반은 남은 규아상. 안에 든 소가 풀리며 실체를 드러낸 것이다. 그제야 알았다. 만두와 라면, 그리고 치킨…….

정말 그 모든 게 들어 있었다. 풀린 소는 오이와 참외, 그리고 닭고기였다. 라면처럼 꼬인 채 함께 말렸다.

영후는 대롱거리는 세 가닥의 소를 따로 맛보았다. 푸른 것은 오이였고 노란 것은 참외였다. 고기는 역시 닭고기… 그런데, 어떻게 이렇게 꼬불거리는 것일까?

그건 민규의 소행이었다. 오이와 참외, 닭고기를 긴 국숫 발처럼 쓸어낸 것. 거기에 찐 밤가루 반죽을 발라 라면 형태로 굳혔다. 그런 다음 참기름에 살며시 튀겨내 한데 아우른 것.

맛은 더없이 좋았다. 치킨의 담백함에 밤의 고소함이 더해지고 오이의 청량함에 참외의 달콤함이 물들었다. 아삭거리는 식감에 취하나 싶으면 닭고기의 깊은 맛이 이어졌으니……

영후의 젓가락질이 빨라졌다. 원래는 소심쟁이 영후. 남 앞에서 깨작거리며 먹는 게 보통이었지만 오늘은 달랐다. 먹는 속도는 점점 더 빨라졌으니 네 번째와 다섯 번째는 거의 '꿀꺽' 수준이었다. 마지막 규아상을 넘긴 영후가 민규를 바라보았다. 민규는 말없이 세 개를 더 올려주었다.

먹어.

민규 눈이 말했다. 이미 요리로 통한 두 사람. 이심전심이라도 되는 듯 영후가 만두를 집었다.

침…….

훌쩍 흘러나왔다. 영후가 아니라 그 옆의 복지사였다. 만두의 자태에, 영후의 먹는 모습에 홀리다 보니 옥침을 놓치는 불상사가 나온 것이다.

"어머!"

그녀가 때늦게 입을 막았다. 민규가 슬쩍 냅킨을 건네주었다. 그사이에 영후는 물잔까지 비워냈다.

"침이 안 나와요."

복지사가 소리쳤다. 민규가 손거울을 보여주었다.

"침이 안 나오니까 더 멋진데?"

민규가 웃었다. 손거울을 본 영후, 민규를 올려다보며 배시시 웃었다.

"볼록한 배도 쏙 들어갔을걸? 일어나 볼래?"

민규가 아이 손을 잡았다. 두 발로 일어선 영후의 배는 정말 살포시 꺼져 있었다.

"어땠어? 라면이 든 치킨 규아상 만두?"

민규가 물었다.

"이 만두 이름이 규아상이에요?"

"그래."

"규아상… 몸에 선풍기가 들어온 것처럼 시원해요. 너무 좋아요."

영후는 빈 접시를 바라보며 하얗게 웃었다.

"세상에……."

복지사가 아이를 안아주었다. 자신감 없던 아까와 달리 영후의 표정은 환하게 펴졌다.

그런 민규의 약선을 루이스 번하드 이상으로 주목하는 사람, 클랜튼이었다. 그의 눈은 눈부신 조명보다도 더 찬란하게 민규를 겨누고 있었다.

클랜튼.

그는 사실 민규가 모르는 엄청난 프로젝트의 기획자였다. 그 촉이 민규를 조준한 것이다.

"셰프님!"

녹화가 시작되기 전의 최종 리허설. 대기실에서 일곱 선녀가 튀어나왔다. 엔딩퀸 멤버들이었다.

"와우, 잘 어울리는데요?"

단아한 궁중 복장으로 단장한 일곱 아이돌. 그들의 복장은 조선시대 중궁전의 연회를 맡던 정 7품 전빈(典賓)의 차림이었다. 원래는 방송국 측에서 3명 정도 섭외하기로 했던 진행 보조자들. 그 자리에 민규 추천이 들어갔다.

은혜는 반드시 갚는다.

민규의 신념이었다. 차미람의 개업식 때 도와준 은혜를 잊지 않는 민규였다. 그렇기에 청탁(?)을 했고 방송국에서 수용을 했다. 캐스팅 연락을 받은 엔딩퀸은 비명을 질렀다. 방송국에서 심혈을 기울이는 특집 편. 웬만큼 인기 있는 연예인도 캐스팅되기 힘든 일이었다. 그런데… 그냥 출연만 해도 황공할 판에 노래까지 곁들여 주는 조건이었다. 그녀들은 그 행운이 민규에게서 비롯되었음을 알았다.

고맙습니다.

고맙습니다.

그녀들의 전화와 문자가 폭포를 이룰 정도였다.

"약수는 마셨어요?"

"네에!"

민규가 묻자 그녀들이 합창을 했다. 화장발을 위해 미리 건네준 추로수와 옥정수. 그녀들에게 제대로 흡수되고 있었다. 기왕 도와주는 거라면 유의미한 결과를 얻게 하고픈 민규였다. 착한 마음을 가진 그녀들. 노래도 좋았지만 운이 없었다. 그렇다면 기회의 문제일 뿐이었다.

이제는 얼굴까지 뽀송거리니 왕들의 만찬 특집에 잘 어울렸다. 마음이 정갈하면, 요리도 함께 빛나기 때문이었다.

민규가 요리 진행 과정을 설명했다. 그 과정에 맞춰 전체 동선을 점검했다. 엔딩퀸의 노래는 세 번 나오기로 되었다. 요리하는 동안에 한 번, 그녀들이 요리를 나르는 동안에 한 번, 마지막은 소년소녀가장들이 시식을 할 때 BGM으로 한 번이었다.

소년소녀가장들 역시 분장을 마쳤다. 왕자와 공주로 변신을 했다. 왕들의 만찬이니 왕족으로서 맛을 보는 것. 그건 피디의 기획이었다. 엔딩퀸은 이 왕자와 공주를 의전하는 역할도 맡는다. 노래가 나오는 타임도 거기였다. 세 번 나오는 노래는 각기 다르지만 엔딩퀸에게는 파격적인 기회가 아닐 수 없었다.

민규 녹화의 피날레는 뒤풀이 연회였다. 정상의 만찬 재현이 끝나면 아이들을 위한 리얼 만찬이 펼쳐진다. 정상 만찬보다 실용적이고 실질적인 파티. 루이스 번하드와 도홍강, 클랜튼도 참석을 하기로 되었다. 리허설은 어렵지 않게 끝났다.

"그럼 곧 촬영에 들어갑니다."

피디의 소리와 함께 민규가 조리대 앞에 섰다. 옆에는 재희와 종규가 자리를 잡았다. 고개를 드니 비로소 귀빈들이 눈에 들어왔다. 사장도 있고 국장단도 있었다. 그 옆으로 보이는 사람은⋯⋯.

'영부인?'

민규 눈이 단아한 한복에 고정되었다. 그녀가 맞았다. 오늘도 미식가 대사 부인들을 대동하고 있었다. 민규가 재희에게 눈짓을 보냈다. 신호를 받은 재희가 귀빈석으로 내려갔다.

"셰프님이 보내는 약수입니다."

영부인을 시작으로 20여 잔의 약수를 돌렸다. 영부인은 답례로 손을 흔들어주었다.

팟!

무대를 밝히던 불이 꺼졌다. 스튜디오는 잠시 침묵에 휩싸였다. 그 침묵을 피디의 신호가 깼다. 무대 중앙에 불이 들어오는 것과 동시에 뒤쪽 화면에 역대 만찬들이 그래픽으로 떠올랐다. 중앙은 홍설아의 영역이었다. 그녀의 내레이션이 화면의 영상과 어우러졌다.

"식사!"

짧은 첫마디에 모든 사람들의 이목이 집중되었다.

"인간은 동물과 달리 식사를 합니다. 격식을 갖춰 차리고 가족이나 연인끼리 둘러앉아 음식을 나누는 행위는 인간만의 행위에 속하죠. 동물도 음식을 같이 먹기는 하지만 격식을 갖추지는 않으니까요."

내레이션과 함께 홍설아가 걸음을 떼었다.

"식사는 단순히 에너지를 채우는 행위가 아니라 마음을 열어주는 사교의 자리이자 공감과 소통이 이어지는 자리입니다. 우리는 이 식사 자리에서 사소한 수다부터 가족사, 연인의 밀어, 중요한 계약의 체결까지 끊임없이 반복하며 살고 있습니다."

홍설아의 걸음이 조리대 앞에서 멈췄다.

"그렇다면 과연 이 한 끼 식사의 힘은 어디까지 가능한 걸까요? 그것도 일반인이 아닌 각국 지도자나 정상들의 식탁이라면요."

화면에 정상들의 만찬이 부각되었다.

―민어해삼편수, 달고기구이, 평양냉면, 한라봉편.

남북 정상의 만찬 테이블이었다.

―단호박수프, 도버 솔, 쇼트크러스트, 케넬, 소르베.

한미 정상들의 만찬도 나왔다.

―영빈냉채, 조개비둘기알국, 불도장, 투망버섯요리, 은대구구이.

이어진 화면은 방중한 한국 정상에게 차려진 만찬. 메뉴판

에 한글을 적고 태극 문양의 끈까지 달아 세심한 배려를 한
그림이었다.

"오늘 우리 스튜디오에는 아주 특별한 분이 나와 계십니다.
식재료가 품고 있는 자연의 힘을 인간의 몸에 고스란히 부여
하는 마법을 지닌 한 사람. 식사 한 끼로 몸은 물론 마음까지
도 좌지우지할 수 있는 바로 그 사람. 그리하여 첨예한 이해관
계의 한중 정상들의 마음을 열어젖히고 양국이 공히 만족스
러운 협정까지 이끌어낸⋯⋯."

홍설아의 손이 조리대를 가리켰다. 남은 멘트와 함께 조명
이 동그랗게 들어왔다. 조명이 밝힌 건 엔딩퀸이었다. 그녀들
은 강강술래처럼 원을 그리며 섰다. 그 가운데⋯ 역광이 들어
와 어두운 공간⋯⋯.

"한국 궁중요리와 약선요리의 산 역사, 이민규 셰프입니다."

홍설아의 소개와 함께 일곱 전빈의 중앙에 빛이 떨어졌다.
동시에 엔딩퀸을 비추는 빛은 약해진다. 스포트라이트를 받
은 민규가 우뚝한 인사와 함께 등장했다. 전빈들은 민규를 위
해 양편으로 갈라졌다. 게스트와 귀빈석에서 박수가 쏟아져
나왔다.

"오늘 이 셰프님께서 보여주실 요리는 바로 그 요리입니다.
너무나 소박한 재료들, 그리하여 다들 큰 의미를 주지 않던
우리의 먹거리에 새로운 가치관을 부여한 그 요리. 한중 정상
만찬에서 세기의 극찬을 받은 만찬의 재현입니다."

짝짝짝!

홍설아의 멘트가 절정으로 고조되었다.

"오늘 이 셰프님을 도와주실 두 사람, 강재희와 이종규 셰프입니다."

재희와 종규 이름도 불렸다. 둘은 조리대에 포진하고 있었다.

"마지막으로 오늘의 요리 진행을 도와주실 일곱 전빈의 엔딩퀸을 소개합니다."

짝짝짝!

박수와 함께 그녀들의 신곡이 울려 퍼졌다.

"오늘 만찬의 재현은 한중 정상의 만찬과 싱크로율 100%로 진행됩니다. 지금까지 유례가 없었던 이 만찬의 재현은 저희 프로그램뿐만이 아니라 미국과 프랑스, 일본, 중국의 유수 방송국들의 요청을 받았지만 특별히 저희 프로그램이 기회를 얻었습니다. 다만 양 정상들을 모실 수 없는 관계로 시식은 미래에 정상이 될 소년소녀가장들을 모셨습니다."

화면이 어린이들을 비췄다. 왕자와 공주 의상으로 분장한 아이들도 박수를 치며 좋아했다. 일부는 손가락 하트와 승리의 V를 그린다. 아이들은, 역시 아이들이었다.

"한중 만찬의 현장 재현. 다시없을 이 기회를 위해 채널 고정, 본방 사수!"

"하하핫!"

귀빈석에서 미소가 나왔다.

"그럼 만찬 분위기로 만찬 시작합니다! 이민규 셰프님."

홍설아가 민규를 바라보았다. 꾸벅 인사를 한 다음 조리대 앞에 섰다. 주인을 맞은 조리대는 제대로 꽉 차 보였다.

민규, 조리대 앞의 장식물을 바라보았다. 주석궁과 경복궁, 초화문과 연당초문 등의 문양이 보였다. 음식 샘플로는 팔보 당과 육색실과 등이 놓였다. 샘플은 장광이 준비를 해 왔다.

연당초분의 연꽃 문양을 바라보며 돌배를 쥐었다.

토톡!

앞뒤를 번갈아 치고 뚜껑을 베어냈다. 배를 기울이자…….

"와아!"

엔딩퀸의 입이 저절로 벌어졌다. 배 안에 있던 씨들이 쏟아 졌으니 민규만의 우레타공. 시작부터 시청자들의 혼을 빼고 시작하는 것이다.

스물여덟 번.

소년소녀가장의 숫자와 같았다. 그 뒤로 세 개의 돌배가 추 가되었다. 세계적인 미식가들을 위한 몫이었다. 같은 동작이 무려 서른 하고도 한 번이 반복되지만 지루한 느낌은 전혀 없 었다. 각각의 배에서 파낸 속살은 다시 본래 자리로 들어갔 다. 재희의 보조를 받으며 죽력과 죽근, 죽실의 차례로 채워 졌다.

"돌배입니다. 보기에는 보잘것없지만 황금빛 돌배는 흙

토(土)의 상징이라, 대지를 뜻한다고 합니다. 셰프께서는 지금 대지를 창조하고 있는 겁니다. 맛난 결실의 씨앗을 뿌리기 위해서 말이죠."

홍설아의 멘트가 요리와 보조를 맞추기 시작했다.

"죽실입니다. 밀과 비슷하고 찰지기는 율무를 닮았으며 맛은 수수와 같다고 합니다. 가슴과 폐가 청량해지니 몸을 가볍게 하여 신명과 통하니 지상 만물을 거들떠도 보지 않는 봉황새도 죽실만은 먹는다고 합니다."

스물여덟+세 개의 돌배.

대나무에서 비롯된 식재료들이 들어가기 시작했다. 민규의 손길은 너무 정갈해 명작을 그리는 화가의 손처럼 보였다. 그저 동작만이 세련된 건 아니었다. 배 안에 들어가는 식재료들은 아무렇게나 섞이지 않았다. 그 작은 공간에서도 최적의 조화를 이룰 수 있는 위치를 찾아주는 민규였다.

상지수+정화수+요수.

물의 배합도 소홀히 하지 않았다.

재현!

결코 쉬운 일이 아니었다. 돌배부터 그랬다. 같은 산지에서 공수해 왔지만 수분 함량과 당도 등이 달랐다. 수백 개 중에서 고르고 고른 31개. 그럼에도 그날, 그 자리에 쓴 돌배와는 다른 것이다. 그건 민규 자신도 마찬가지였다. 같은 민규지만 같지는 않았다.

"아, 이번 식재료들은… 정말……."

다음 요리에서 홍설아의 멘트가 튀었다.

마름, 똑새풀씨앗, 지부자, 보리쌀, 고욤……

정말이지 눈길도 가지 않는 소박함의 결정체들. 그러나 그
또한 민규의 손길을 거치니 오곡의 정기를 가득 담은 절정의
요리로 다시 태어났다.

꼴깍!

풋콩떡갈비와 메추리알밥에서는 아이들과 엔딩퀸이 군침을
넘기는 장면이 잡혔다. 아이들은 조리대에서 눈을 떼지 못했
고, 무려 일곱 명이나 되는 엔딩퀸의 목젖 또한 출렁거렸으니
그 또한 쏠쏠한 볼거리가 되었다. 그녀들의 노래가 나오면서
분위기는 점점 고조되기 시작했다. 뿌듯해하는 엔딩퀸만큼이
나 민규의 요리도 절정을 향해 달려갔다.

마를 썰어내는 칼질은 백미의 하나로 꼽혔다. 웬만한 칼질
로는 실채로 썰어내기 어려운 마. 그러나 민규의 칼질이 아름
다운 건 그날의 마소면과 같은 굵기였다는 것.

"보세요. 마의 굵기까지 싱크로율 100%입니다."

청와대 만찬요리의 화면으로 검증한 민규의 마 실채. 확대
화면으로 보아도 오차가 없었다.

약선보리수단.

약선연근튀김.

약선대추알.

석류와 호두 두 알.

마무리 고임떡까지…….

쉴 새 없이 달려온 민규의 손이 마침내 멈추었다.

"부탁합니다."

민규가 엔딩퀸을 바라보았다. 왕들의 연회 준비는 끝났다. 그러나 궁중요리는 주방의 마감이 끝이 아니었다. 엄명을 받은 엔딩퀸이 접시를 받아 들었다. 사전에 수라간의 분위기에 대해 교육을 받은 엔딩퀸은 절제된 걸음으로 테이블을 장식하기 시작했다.

청와대의 한중 정상 만찬.

그 화면을 수십 번 돌려 본 그들이었으니 요리의 차례와 배치 또한 그대로 재현해 놓았다. 화면에 두 개의 만찬 테이블이 떠올랐다. 청와대 만찬과 스튜디오의 만찬. 쩌우정의 요리가 빠진 걸 제외하면 똑같은 차림이었다. 심지어는 접시의 간격까지 같았다.

"와아!"

아이들이 먼저 반응을 했다.

"마마님들, 체통을 지키시옵소서."

홍설아가 조크로 분위기를 띄웠다.

신선의 은둔에서 생명의 환희까지.

고임떡까지 자리를 잡으면서 세팅이 끝났다. 완벽한 재현이었다.

"젓수시옵소서."

홍설아가 아이들에게 말했다. 요리에 넋이 나간 아이들이 시식에 돌입했다. 영후도 돌배숙을 잡았다. 그 얼굴에는 이제 침이 없었다. 마치 원래부터 없는 듯한 얼굴이었다.

얌얌.

짭짭.

호로록.

먹는 소리는 다르지만 표정들은 비슷했다. 중국 주석과는 다른 아이들. 그러나 가슴이 시원해지고 몸이 가뜬해지는 건 아이나 어른이 다르지 않았다. 화면은 아이들의 모습 하나하나를 조명해 주었다. 아이들이 선호하지 않을 메뉴였지만 맛에 취한 아이들은 브레이크가 없었다.

화면이 미식가들에게 넘어갔다. 그들의 테이블에도 만찬 메뉴가 펼쳐져 있었다. 돌배숙을 먹은 루이스 번하드는 아예 눈을 감아버렸다. 클랜튼의 얼굴에는 세기의 명곡이라도 들어 있는 것 같았다. 도홍강 역시 가슴에 들어온 청량한 마음을 다스리기 바빴다.

들판의 씨앗과 냉이, 광대나물, 고욤… 그 작은 것들의 향연에서는 저절로 눈이 감긴다. 들판의 속삭임은 낮으면서도 격렬했다. 작은 알곡은 본래 그 뭉친 힘이 강한 법. 그렇기에 큰 알곡과 달리 자연의 맛이 더 깊고 강렬했으니 찾아내면 낼수록 은은함이 더해지고 있었다.

완두콩을 박아 튀겨낸 연근은, 또 하나의 신세계였다. 풋콩의 신선함에 곁들여지는 연근의 아삭함. 그 시작을 알리는 튀김옷의 '바—삭' 소리는 대지의 속삭임과도 같았다.

감동의 절정은 역시 '생명의 환희'였다. 고구마 살로 빚어놓은 석류도 놀라웠지만 그 안에서 나온 보리수의 새콤, 달콤, 푸근함의 정수. 마른 고구마 반죽이 으깨지면서 방출하는 단맛과 더하니 땡기고 또 땡기는 맛이었다. 게다가 호두알 속에서 나온 마름의 깊고 은은한 맛이란…….

"푸헛!"

루이스 번하드의 입에서 사례가 나왔다. 너무 집중하느라 삼키는 순간이 엉겨 버린 것. 그때까지도 클랜튼은 석류 맛에 취해 천변만화의 표정 변화를 겪고 있었다.

"마마님들, 요리 맛이 어때요?"

시식이 끝나자 홍설아가 아이들에게 물었다.

"맛—있—어—요!"

스튜디오가 떠나갈 듯한 함성이 나왔다. 화면은 미식가들에게 넘어갔다. 도홍강이 첫 주자였다.

"진시황에게 불로초에 대한 영감을 준 건 '서복'입니다. 서복이 말하길 동쪽 바다의 봉래산, 영주산, 방장산에 불로장생초가 있다고 말했죠. 진시황은 불행했으니 만약 그가 현대를 살아 이 만찬을 받았다면 '과연 불로초다'라고 환호했을 것 같습니다. 제 생각으로는 역대 최고의 만찬이라고 생각합니다."

봉래산은 금강산이오, 영주산은 한라산, 방장산은 지리산이다. 도홍강은 진시황을 빗대 한국의 맛에 최고점을 주고 있었다.

"제 소감은……."

루이스 번하드가 뒤를 이었다.

"그리스 신전의 신들에게 바치는 요리가 바로 이것이 아니었을까 싶습니다. 몸과 마음이 함께 가벼워지니 혀를 만족시키는 요리에서 마음까지 만족시키는 요리의 지평을 연 것 같습니다."

짝짝짝!

박수는 엔딩퀸의 것이었다. 무대로 나온 민규 뒤에 도열한 그녀들. 대본에 없는 박수를 쳤지만 피디는 개의치 않았다. 사실은, 그도 소리 없이 박수를 보내고 있었던 것.

"마지막으로 클랜튼 님, 부탁합니다."

홍설아가 클랜튼을 바라보았다.

"미러클, 리얼 미러클, 제가 할 말은 이것뿐입니다."

자리에서 일어선 클랜튼, 호흡을 더듬는 그의 시선은 여전히 만찬 접시에 꽂혀 있었다.

"아이들과 다른 분들은 가슴이 시원하다고 하시는데 클랜튼의 호흡은 편안해 보이지 않습니다. 소감을 더 물어도 될까요?"

홍설아의 질문 영어가 이어졌다.

"홍분 때문입니다. 미식가를 자처하는 제가 아직 맛보지 못한 요리의 신세계… 그런 면에서 보면 저는 아직 미식 초보자인 것 같습니다. 우리 루이스와 도홍강께서는 저렇게 의연하신데……"

클랜튼이 두 미식가를 바라보았다.

"실은 의연한 척하느라 죽을 것 같습니다."

루이스 번하드의 조크가 통역되어 나오자 스튜디오는 웃음바다가 되었다.

공식 녹화는 거기까지였다.

무대는 장광에게 넘겨주고 민규는 자리를 옮겼다. 옆 스튜디오에 차려진 또 다른 조리대였다. 민규 녹화를 돕던 사람들은 모두 이동을 했다. 아이들과 미식가, 엔딩퀸 등이었다. 영부인과 대사 부인들이 들어와 민규와 인사를 나눴다. 그녀들은 관계자와 아이들을 격려하고 돌아섰다.

"오늘은 너희들이 너무 부럽구나."

영부인의 마지막 멘트였다.

―약선황금칠향순(鶉).

―궁중도행병.

―약선꽃비빔밥.

―약선꽃만두.

―새싹연근김치.

―궁중오색정과.

―약선생마샐러드.

―국화결명자양갱.

―전복김치.

이제는 자유로운 약선요리의 장이 펼쳐졌다. 카메라가 있었지만 크게 의식하지 않았다. 본방은 옆 스튜디오 쪽이다. 민규의 뒤풀이는 마무리에 쓸 약간의 분량뿐이었다.

황금칠향순!

순은 메추리를 뜻한다. 크기는 작지만 알고 보면 쏠쏠한 보신용 육류. 구워 먹으면 허약 체질, 비위 개선, 심장 활동까지 촉진한다. 나아가 힘줄과 뼈가 튼튼해지니 어린이들의 영양식으로도 그만이었다. 더구나 이 메추리는 마늘을 먹여 길러 항비만 작용까지 갖춘 아이템. 다만 100g 이내로 먹는 게 좋았으니 이 또한 매력적이었다. 요수를 준비했다지만 이미 정상의 만찬을 흡수하신 마마님들이 아닌가?

'튼튼한 몸.'

황금칠향순의 주제였다.

생마샐러드에 들어간 것도 메추리알의 노른자였다.

'면역강화, 지능 강화.'

메추리알은 오리나 계란 등의 알에 비해 비타민A 함유량이 높다. 비타민A는 몸의 면역력을 높여 다양한 질병을 예방한다. 메추리 노른자는 양혈 기능을 돕는다. 거기에 두뇌 활동에 필요한 정수(精髓)를 머금은 마를 합치니 혈액과 두뇌 활동에 두루 좋을 메뉴였다.

'꿀 외모, 시력 강화.'

도행병은 복숭아와 살구. 먹으면 사정없이 예뻐진다. 투명한 꽃만두 안에는 국화꽃과 해당화꽃, 블루 팬지를 소에 더해 꽃소를 채워 넣었다. 마무리는 국화결명자양갱이었으니 부드러운 맛과 함께 시력 저하를 막는 효과까지 담겨 있었다.

"우와!"

또 다른 만찬이 차려지자 아이들이 자지러졌다. 만찬의 엄숙한 품격 대신 판타스틱하게 장식된 플레이팅. 요리를 담은 접시 바닥을 수놓은 장식은 비어와 천마였다. 비어는 고구려의 벽화에 나오는 날개 달린 잉어, 천마는 하늘을 나는 말. 소스로 그린 그림이지만 튀어나올 듯 생생한 선이었다.

의미가 중요했다. 아직은 환경 때문에 날 수 없는 아이들의 상징이었다. 물고기가 날까? 말이 날까? 거기 날개를 달아줌으로써 아이들의 미래를 응원하는 민규였다. 이번 차림에는 엔딩퀸의 몫도 있었다. 수고한 데 대한 보답이었다. 그렇잖아도 감격하는 그녀들에게 쐐기를 박아주는 민규였다.

"……!"

클랜튼의 시선은 완전 고정이었다. 정상의 만찬이 수수하고 소박했다면 이 만찬은 몽환풍의 환상이었다. 오색의 신비감을 자연스레 강조한 총천연색. 아이들의 순진함과 잘 맞아떨어지고 있었다.

'맛은?'

그의 젓가락이 접시로 올라갔다.

'윽!'

꽃만두를 입에 물자 미각의 바다에 격랑이 일었다.

'이것……'

안에 든 건 담백미의 결정체였다. 동시에 아삭, 신나는 소리가 청각을 울렸다. 감동은 미각과 청각만이 아니었다. 담백함 속에 배어 있는 은은한 꽃 향… 새것 하나의 배를 가르자 정체가 드러났다.

'새우 살, 게살의 컬래버레이션… 그리고 그것들을 더욱 돋보이게 하는 이 부드러운 맛의 정체는……'

메추리알 흰자.

"……?"

담백미 속에 숨은 또 하나의 담백미를 찾아낸 클랜튼, 그대로 굳어버렸다. 입술과 콧구멍으로 동그랗게 퍼지는 맛의 향연. 어쩔 사이도 없이 땀샘까지 열어젖히니 어깨가 절로 풀어졌다.

청각의 재료는 새우 껍질을 튀긴 후에 빻아놓은 가루였다. 그 또한 고소한 맛 중의 하나였다. 아이들에게는 더없이 훌륭한 선택. 아이들과 어울려 있는 민규가 마법사처럼 보이는 이유였다.

마무리로는 노란 귤이 나왔다. 그러나 생귤이 아니었다. 반으로 가르자 걸쭉한 유자청이 흘러나왔다. 겉은 밤가루와 찹쌀 반죽이었다. 작은 문양까지 새긴 후에 치자 물을 발라 오븐에서 구워낸 것. 달콤—새콤—고소한 맛의 범벅이니 아이들의 후식으로는 그만이었다.

'우리 이벤트에 제대로 적합한 친구가 여기 있었군.'

넋을 놓은 클랜튼은 이마에 흐르는 땀조차 의식하지 못했다.

6. 3생의 위엄으로

　찰칵찰칵!

　카메라가 미친 듯이 돌아갔다. 아이들과의 기념 촬영이었다. 엔딩퀸과 홍설아도 함께였다. 모든 촬영이 끝난 후 아이들과의 시간, 아이들은 여전히 왕자와 공주 복장이었으니 방송 출연의 추억을 위한 배려였다.

　"셰프님."

　마지막 차례는 영후였다. 처음과 달리 아이들과도 잘 어울린 영후. 마지막 장면의 주인공이 되었다.

　"여러분."

　피디가 나왔다. 아이들을 데려온 보호자들과 부모들 앞이었다.

"만찬을 잘 즐기셨나요?"

"네에!"

아이들 목청이 빵빵 터진다.

"그럼 우리 이민규 셰프님에게 박수!"

짝짝짝!

"그런데 아직 만찬은 끝난 게 아니에요."

"……?"

민규는 이제 조리대에서 내려온 상황. 그런데 끝난 게 아니라니…….

"우리 셰프님, 오늘 출연료 전부를 여러분의 장학금으로 내놓았습니다. 원래는 밝히지 말라고 하셨는데 그것도 도리가 아닌 거 같아서 이 셰프님께 욕먹을 각오를 하고 공개합니다."

"피디님."

민규가 나섰지만 이미 늦었다. 피디는 계속 폭주했다.

"그 뜻을 받아 세금 일체는 방송국에서 대고 자투리 금액도 맞췄습니다. 두 번째 만찬 접시를 보면 날개 달린 물고기와 말이 있었죠?"

"네."

"여러분 모두가 역경을 딛고 훨훨 날아오르라는 셰프님의 마음이었습니다. 이 장학금을 날개로 삼아 멋진 미래를 만들어가기를 바랍니다."

피디가 봉투 뭉치를 들어 보였다. 결국 봉투는 민규가 나눠 주게 되었다. 홍설아에 이어 장광, 루이스 번하드까지 등을 민 까닭이었다.

고맙습니다.

감사합니다.

이 은혜 잊지 않을게요.

아이들의 목소리가 이어졌다.

"은혜가 아니야. 그러니까 기죽지 말고 열심히 살아주면 돼."

민규는 아이들 하나하나의 어깨에 힘을 실어주었다.

짝짝짝!

박수는 그치지도 않았다.

"셰프님."

아이들이 퇴장하자 엔딩퀸이 몰려들었다. 민규를 둘러싸고 눈물까지 그렁거린다.

"뭐예요?"

민규가 짐짓 핀잔을 주었다.

"너무 감동이에요."

"뭐가요?"

"출연료 전액 장학금 회사도 그렇고 저희에게 이런 기회를 주신 것도 그렇고……."

엔딩퀸의 리더 민세라가 대표로 말했다.

"영광스러운 건 나예요. 이런 미녀들 사이라니……."

"저희들, 셰프님 안 잊을 거예요. 아니, 절대 못 잊어요."

"아무튼 오늘 고생 많았어요. 지난번 개업 봉사 너무 고마웠고 앞으로 좋은 일 많이 생기면 좋겠네요."

"그럴 거 같아요. 셰프님의 요리가 막 에너지를 주는 거 있죠."

"맞아요, 에너지 무한 충전!"

리더가 말하자 남은 여섯이 합창을 했다. 그런 다음 민규에게 달려들어 헹가래를 쳤다. 민규는 스튜디오 천장까지 올라갔다 내려왔다. 그 광경에 클랜튼이 꽂혔다. 자신의 출연료를 어려운 아이들에게 쾌척한 괴물 셰프. 알고 보니 함께 출연한 여가수들 또한 그 연장선상에 있었다. 요리사의 미덕이 무엇인지 제대로 생각하게 만드는 셰프를 만난 것이다.

"고맙습니다."

헹가래에서 풀려나자 미식가들에게 인사를 챙겼다.

"새로운 감동이었습니다."

루이스 번하드가 웃었다.

"저는 방송이 너무 일찍 끝난 게 한이네요. 한 3박 4일쯤 했으면 좋겠어요."

도홍강이 아쉬움에 입맛을 다셨다. 클랜튼은 다시 테이블의 접시를 보고 있었다. 깨끗했다. 누구의 접시에도 남은 음식이 없는 것. 심지어는 아이들도 그랬으니 이런 풍경은 처음이었다.

"……."

물잔을 보았다. 간간이 따라준 물은 요수였다. 남은 물병을 체크했다. 조금씩 따라 마시니 다른 게 있었다. 아이들의 상태에 따라 마비탕도 주고 옥정수도 주었던 것.

'이민규 셰프……'

섬뜩한 전율이 왔다.

"선생님."

민규가 다가섰다.

"물이 궁금하신가요?"

"아닙니다. 신기해서요."

"어려운 걸음 해주셔서 고맙습니다."

"백번이라도 오고 싶은 자리였습니다."

"과찬이십니다."

"아닙니다. 나는 괜한 칭찬 하지 않습니다. 그건 좋은 셰프를 망치는 길이니까요."

"예……."

"루이스!"

그가 루이스 번하드를 돌아보았다. 아주 반듯해진 눈빛이었다.

"말씀하시죠."

"제가 매년 주관하는 비공개 이벤트 아시죠?"

"매년이라면 '시크릿 밀리어레어 테이블' 말입니까?"

단지 단어 하나.

그러나 루이스 번하드의 이마에 한기가 스치고 있었다.

"실은 올해 이벤트를 주관할 두 분 셰프 중 한 분을 차이나에서 찾을 생각이었습니다만……."

"……?"

"생각을 바꿨습니다. 여기 이 셰프를 머큐리 회장님께 추천하고 싶은데 도와주시겠습니까?"

"클랜튼, 지금……?"

"예, 단숨에 결정을 내렸습니다. 도홍강에게는 미안하지만 중국을 다 뒤져도 이만한 요리사를 찾을 수 없을 것 같습니다."

"……?"

"도와주실 거죠?"

"진심으로 하는 말입니까?"

"당연히."

클랜튼이 웃었다. 그 한마디에 루이스 번하드가 하얗게 질리고 있었다. 절대 미각의 하나인 루이스 번하드. 세계 미식계를 휘어잡는 대가마저도 경악하게 만드는 시크릿 밀리어레어 테이블은 무엇?

"이 셰프님."

클랜튼이 민규를 마주 보았다.

"예?"

"잠시 이야기 좀 나눌 수 있을까요?"

클랜튼의 목소리는 지금까지와 달리 장중하게 들렸다.

*   *   *

"제 진짜 비즈니스 명함입니다."

작은 대기실에서 클랜튼이 명함을 꺼내놓았다.

[머큐리 제프 재단 이벤트 매니저]

머큐리 제프 재단.

단어는 귀에 익지만 민규는 사실 그 재단의 실체를 잘 몰랐다. 눈빛으로 짐작했는지 클랜튼이 확인에 나섰다.

"혹시 아시는지요?"

"죄송합니다. 들어본 적은 있는 것 같은데……."

민규가 자수를 했다.

"괜찮습니다. 비공개 재단이라 아는 사람이 많지 않습니다."

"……."

"이 재단의 총수는 두 사람입니다. 이름 그대로 머큐리와 제프 회장님이시죠. 두 분 이름은 들어보셨습니까?"

"머큐리라는 이름은 흔해서……."

"그렇죠. 두 분은 각각 미국과 영국의 밀리터리와 금융계 대부십니다."

'밀리터리면 군사 분야……'

"먼 옛날로 거슬러 올라가면 두 분은 패밀리가 됩니다. 그러나 한 분은 미국에, 또 한 분은 영국에서 자리를 잡았죠."

클랜튼이 의자에서 일어섰다. 그는 벽에 기대 찬찬히 이야기를 이어갔다.

"미국과 영국을 대표하는 지도자 클럽에서 오랜 영향을 미쳐왔습니다. 워낙 나서기를 좋아하지 않아 베일에 싸여 있지만 지구의 많은 일들에 이분들의 뜻이 반영된다고 보시면 됩니다. 작은 의약품에서부터 우주선 발사까지 말입니다."

"……"

"여러 가지 뜻깊은 일을 하고 계시는데 대표적으로는 역시 우주 개발과 심해 개발, 나아가 난치병 치료제 개발 같은 일이 있습니다. 그중에는 요리를 통한 업적도 있지요."

요리!

그 단어에 방점이 찍혔다. 그는 온화한 눈빛으로 민규와 시선을 맞추었다.

"시크릿 밀리어레어 테이블."

"……"

"말 그대로 세계적인 스타들이나 백만장자, 억만장자를 위한 테이블입니다."

"……"

"두 분 중에서도 머큐리 회장님의 주재로 시행되는 비즈니스인데 유명한 셰프 두 분을 초빙해 요리 축제를 벌이는 행사입니다. 재단은 셰프의 요리 세계를 주제로 VVIP들에게 초청장을 보냅니다. 그 초청장을 받는 사람은 아주 특별한 사람들이며, 엄선된 과정을 통해 결정합니다. 원래는 한 해의 마지막 날에 벌이던 만찬이었는데 밀레니엄을 맞아 새해 아침 만찬으로 바뀌었죠."

"……"

"VVIP들은 새해가 밝아오는 최고의 테이블에서 식사를 즐깁니다. 신분 노출을 꺼리는 사람은 가면을 쓰기도 하지요. 그런 다음 식사의 만족도만큼 기부를 합니다. 난민과 난치병, 그들을 지원하는 사업을 위해 말입니다. 이렇게 함으로써 셰프들에게는 긍지를, 저명인사들에게는 그들의 사명을 다할 수 있는 기회를 마련해 주는 것이죠."

"……"

"재단에서는 VVIP들이 쾌척한 식사비만큼 더해 난민과 난민캠프에 지원을 합니다. 참고로 말하면 프랑스와 일본, 미국과 이탈리아 등지의 미슐랭 별 세 개를 받은 셰프들 중에서도 최고로 불리는 사람들이 주로 이 만찬 셰프로 뽑혀왔습니다."

"소문으로는 접해보았습니다만 그저 호사가들이 지어낸 이야기로 알고 있었습니다……"

"그럴 겁니다. 그 이벤트는 셰프나 참가자들 모두 명예의 선서를 하게 되니까요. 우리는 이 영광을 마음속의 자랑으로 삼고 타인에게 자랑하지 않는다."

"……."

"셰프는 기본 초청료 10만 불에 플러스알파의 대우를 받게 됩니다. 플러스알파는 기부금으로 결정이 됩니다. 요리 맛이 좋아 기부액이 늘어난다면 20만 불, 30만 불도 가능하죠. 기부금 천만 불을 기준으로 백만 불 단위로 1할이 추가 배당 됩니다. 지금까지 최고액의 초청료를 받아 간 사람은 프랑스의 천재 셰프 베르나르 브레숑과 폴 형제였죠. 제 기억으로 그중 한 명의 계좌로 송금된 돈은 각 33만 불이었습니다. 만찬 이후 뉴욕 최고의 호텔에 수석 셰프로 내정되어 가던 길에 비행기 사고로 유명을 달리해 안타깝게 세상을 떠났지만요."

'베르나르 브레숑과 폴?'

"그러다 올해는 중국과 일본 쪽 요리를 접목시켜 동서양의 셰프를 한 사람씩 내세우면 어떨까 하는 구상이 나왔습니다. 아시다시피 지금 세계는 난민과 불치병 퇴치 문제로 골머리를 앓고 있습니다. 재단에서는 무인도를 개발해 난민 자유 구역을 만들 구상도 있지요. 그러자면 더 많은 기부금이 필요해 아시아의 저명인사와 신흥 부호들에게도 문호를 넓혀야겠다는 생각을 하게 된 겁니다."

"……."

"그래서 중국 쪽 부호들을 매혹할 만한 셰프를 물색하라는 특명을 받고 싱가포르에 도착해 리스트를 살피던 중에 루이스의 초대를 받았던 겁니다. 한국과 중국은 먼 곳이 아니니 루이스의 체면 좀 세워주고 상하이로 건너가려던 참이었죠. 도홍강의 도움으로 거기서 일하는 두 셰프를 최종 물망에 올려두었거든요."

"……"

"그런데 당신이 내 스케줄을 돌려세웠습니다. 중국 셰프가 아니라 중국 부호들을 끌어들이는 데 약간의 애로가 있을지 모르지만 그만한 모험을 해볼 가치가 있는 요리라고 생각합니다. 요리란 결국 산소와 같아 모든 인간들에게 통할 수 있다는 신념 때문입니다."

"……"

"어떻습니까? 당신을 올해 만찬 셰프의 한 사람으로 세우고 싶습니다만."

"……"

"생각할 시간이 필요하면 드리겠습니다."

"시간은 필요 없습니다."

"수락하시는 겁니까?"

"아뇨, 사양합니다."

"……!"

사양.

민규의 영어 단어는 매우 또렷했다. 너무 또렷해 클랜튼은 귀를 의심하게 되었다.

시크릿 밀리어레어 테이블.

기본으로 책정되는 초청료만 10만 불. 게다가 세계를 주름 잡는 저명인사들과 대부호들에게 단숨에 부각되는 일. 비공개 라고 해도 셰프들에게는 손해될 게 없는 일이었다. 그런데, 단 호하게 No가 나온 것이다.

"셰프… 이 만찬의 영광을 잘 몰라서 그러시는 모양인 데……."

"아뇨. 잘 이해했습니다. 셰프에게는 굉장한 뜻깊은 기회가 될 일이군요."

"그런데 왜?"

"제가 주가 되는 만찬이 아니니까요."

민규, 잘라 말했다.

"셰프……."

"아무튼 멋진 제의, 고마웠습니다."

정중한 인사와 함께 민규가 돌아섰다.

"셰프, 원하는 옵션이 있는 겁니까?"

클랜튼의 목소리가 민규 발을 잡았다.

"있으면 말해보십시오. 최대한 맞춰보겠습니다."

문 앞에 다다랐던 민규가 천천히 고개를 돌렸다. 그런 다음 잔잔한 목소리를 이어놓았다.

"저 혼자만의 만찬 이벤트를 만들어준다면 고려해 보겠습니다."

"혼자?"

"세부 조건 조율은 그다음이겠죠?"

탁!

문은 가차 없이 닫혔다. 단 하나의 옵션을 던진 동양의 젊은 셰프. 어찌 보면 무모할 정도의 자신감을 남기고 사라진 것이다.

'혼자 하는 만찬 이벤트라?'

끄응. 클랜튼의 입에서 신음이 나왔다. 밀리어레어 테이블의 역사상 그런 적은 없었다. 심지어 프랑스의 영웅 셰프도, 세계 요리계의 황제 셰프도 요구하지 않았던 일. 그 전대미문의 요청이 나온 것이다.

문에 고정된 클랜튼의 시선에 요리들이 스쳐 갔다. 작디작은 돌배요리와 고구마 반죽으로 만든 석류알요리. 대자연의 향연을 녹여놓은 오곡과 풋콩으로 만든 떡갈비의 풍미… 소박함으로 승화시킨 민규의 요리 위에 최고급 와규와 어린 양의 등심, 푸아그라, 송로버섯, 샥스핀 등의 최고급 만찬이 대비되었다.

'어림없지.'

클랜튼이 웃었다. 식재료 성분을 극한으로 살려내는 뛰어난 감각에 주제로 승화하는 기막힌 플레이팅. 별 다섯 만점에 다섯을 준다 해도 최상의 식재료에 견주기는 어려웠으니 그게 바로 세계 요리의 팩트였다.

하지만……

꼴깍!

마음을 끄는 쪽은 민규의 요리였다. 생각하면 할수록 뭔가 아쉽고 애절한 느낌이 드는 요리. 지구 최강의 미식가를 자처하는 클랜튼이었으니 주관에 휘둘리는 것도 아니었다.

'둘 중 하나로군.'

클랜튼은 비로소 결단을 내렸다. 자신이 잘리든지 아니면 이 만찬 이벤트가 재단의 이벤트 패러다임을 바꾸는 변화의 기회가 되든지.

"이봐요, 이 셰프님."

클랜튼은 바로 민규를 따라 나갔다.

"하실 말씀이 남았습니까?"

복도의 민규가 클랜튼을 바라보았다.

"그 제안, 회장님께 요청해 보겠습니다. 이 비즈니스에 대한 건 전적으로 제 소관입니다만 중국 부호들의 참여 문제가 걸린 거라서요."

"중국 쪽 저명인사의 보증이 필요합니까?"

"그런 건 아니지만 아무래도 중국에서 유명한 셰프가 요리를 주관한다면 그들의 호감도가 다르지 않겠습니까? 그 부분에 대한 조율이 필요합니다."

"중국 부호 쪽은 제가 조금 도와드릴 수도 있습니다만……."

"아, 한중 정상 만찬에 반한 인사들이 있다면 가능하겠군요. 거기 명단을 보니 왕치등과 쑨차오 등이 있던데 그분들 반응을 체크해 봐야겠군요."

"잠깐만요."

민규가 핸드폰을 꺼냈다. 즉석에서 연결한 건 쑨차오였다. 난민이나 불치병 모금 만찬을 하면 와줄 수 있냐는 의사를 전달했다. 쑨차오는 반색을 하고 나왔다. 그 전화를 클랜튼에게 넘겨주었다. 클랜튼은 사색이 되었다. 그 경악이 끝나기도 전에 왕치등을 연결했다. 그 전화 또한 클랜튼에게 넘겼다.

'억!'

클랜튼의 입에서 신음이 나왔다. 쑨차오와 왕치등이라면 머큐리 회장도 반색할 거물들. 그들이 쌍수를 들고 나오니 등골이 오싹할 뿐이었다.

"더 필요하시면 중국 대사관에 전화해서 대사 부인 후밍위안의 도움을 받겠습니다. 제가 모금 만찬을 주재한다고 하면 중국 유력 인사들을 추천해 줄 것으로 생각합니다."

"후밍위안까지……."

클랜튼은 다리가 풀리는 걸 느꼈다. 후밍위안은 그도 알고 있었다. 중국 미식 10인에 꼽히는 사람이었으니 민규의 역량이 가늠되지 않았다.

"Just Moment."

숨을 고른 그가 통화를 시작했다. 오래 걸리지는 않았다.

"회장님께서 셰프의 딜을 받아주셨습니다. 내정된 셰프는 내년 차례로 미루고 셰프에게 만찬을 맡긴다고 하십니다."

"만찬일이 1월 1일이라고 하셨나요?"

"예."

"장소는요?"

"뉴질랜드 퀸스타운, 토론토 CN타워, 그랜드캐넌 스카이워크, 시카고 윌리스 타워 등이 물망에 올라 있습니다. 참가자들의 면면과 요리의 주제, 새해의 날씨를 맞춰 결정하게 될 것입니다."

"일기까지요?"

"저희의 노하우지요. 다양한 데이터를 통해 1월 1일, 반드시 해가 뜨는 장소를 찾아냅니다. 새해 새 아침, 그 해처럼 빛나는 요리… 그래야 VVIP들의 마음도, 주머니도 활짝 열리지 않겠습니까?"

"요리는 조식 정찬입니까?"

"당연하지요. 프로는 한 번이면 됩니다. 평생 기억에 남는 요리는 두 번 먹으면 감동이 떨어지는 법이죠."

"그건 공감합니다."

"그럼 여기 사인을 해주시겠습니까?"

클랜튼이 계약서를 내밀었다.

"요점은 단 한 가지입니다. 비밀 엄수. 이 만찬에 내는 요리에 대해서는 최소한 10여 년은 누설하면 안 됩니다. 당신의 마음속과 만찬 참석자들의 마음속에만 남는 거죠. 그렇기에 설령 미국 대통령이 온다고 해도 사진 촬영은 금지입니다."

"재미난 규칙이군요."

민규가 웃었다. 식재료에 대한 간섭은 없었다. 어떤 술도, 어떤 식재료도 셰프의 재량에 맡긴다는 내용… 원하는 식재료는 직접 구매해 와도 상관이 없었으니 재단에서는 오직 안전성만을 체크할 뿐이었다.

"혹시 제가 초대하고 싶은 분들을 모셔도 되나요?"

"셰프는 세 명까지 초대할 수 있습니다. 단, 그들도 사회적인 명성과 명예가 있는 분이어야 하며 그에 대한 심사는 우리 재단에서 하게 됩니다."

"그렇군요."

사삭!

사인이 끝났다. 클랜튼이 남은 칸에 서명을 한 후에 악수를 청해왔다.

"셰프와의 만남이 굉장한 인연이 되기를 바랍니다."

"이미 인연이 되었지 않습니까?"

손을 잡은 민규가 웃었다.

머큐리 제프 재단의 특별한 새해 이벤트 시크릿 밀리어레어 테이블. 뜻하지 않은 곳에서 엄청난 기회를 맞게 되는 민규였다.

*   *   *

짝짝!

박수가 나왔다. 오래오래 이어졌다. 루이스 번하드의 손바닥이었다. 초빛으로 돌아와 텔레비전을 틀었다. 원래는 차를 마시며 담소하려던 것. 종규와 재희가 나란히 앉아 청사행주방을 시청하니 자연스레 함께 보게 되었다.

민규가 나왔다. 아이들도 나왔다. 엔딩퀸과 미식가들도 보였다. 그들 앞에 차려진 한중 정상의 만찬은 실제 요리보다도 더 소담하게 보였다. 그러나 세련되고 단아하기 이를 데 없으니 눈을 쪽 빨아들일 것만 같은 비주얼이었다.

아이들이 먹는 모습도 장관이었다. 어쩌면 그렇게 표정 하나하나를 잘 잡았는지……

민규는 아이들의 먹는 모습에 반하고 루이스 번하드는 요리에 반했다. 결국 방송이 엔딩을 칠 때까지 다 보고야 말았다. 장광의 요리가 이어진다고 끌 수 없는 까닭이었다.

이날 장광이 마련한 요리 주제는 '구황'이었다. 인류 최초의 먹거리 조, 피, 수수를 식재료로 삼았다. 사찰요리식으로 펼쳐진 장광의 솜씨 또한 환상이었다.

짝짝!

루이스 번하드의 박수는 그때까지도 멈추지 않았다.

그를 위해 방제수 한 잔을 내주었다. 달빛이 제대로 녹아든 방제수는 그의 눈에 생기를 더해주었다.

"와우."

루이스 번하드는 탄성으로 물에 대한 소감을 대신했다.

"대단하군요."

루이스 번하드의 탄성은 요리에 이어 클랜튼과의 계약 이야기로 이어졌다.

"루이스는 그 만찬에 대해 아십니까?"

민규가 물었다.

"풍문으로 들었습니다. 노블레스오블리주의 실천으로 새해를 여는 모임. 처음에는 그랬다죠. 그때는 머큐리 회장의 선친께서 주재를 했습니다. 그러다 참석을 희망하는 사람들이 늘자 머큐리 회장이 초청 형식으로 바꾸었죠. 세계 최고의 요리사를 초청해 사회적으로 명망이 높은 스타나 명사, 부호와 함께 멋진 요리를 즐기고 한 해의 영광을 자선으로 되갚는 형식이었는데 제대로 자리를 잡은 모양입니다."

"제 말은 직접 가보신 적이 있는지……."

"으음… 클랜튼이 설명을 빼먹었던가요? 셰프든 참석자든 거기서는 명예의 선서라는 걸 하게 되거든요."

"아……."

"그래서 저도 셰프님의 상상에 맡깁니다. 셰프가 거기 가셔서 뭘 만들 건지 물어볼 수 없는 것과 같은 이치입니다."

"죄송합니다. 제가 호기심 때문에……."

"괜찮습니다. 시크릿 밀리어레어 테이블에 전설을 입히실 분이니… 저도 올해는 초청장 오기를 학수고대해야겠군요."

"3명까지는 제가 초대해도 된다고 들었습니다. 물론 재단 측의 심사 과정이 있겠지만……."

"가더라도 제 힘으로 가야죠. 그래야 레전드 셰프님에게 면목이 섭니다."

"레전드라니요, 당치 않습니다."

"아니면요? 제가 알기로 그 만찬의 셰프는 둘입니다. 절대 불변의 둘이었죠. 그런데 셰프가 혼자 만찬을 맡게 되었습니다. 그건 아무 셰프에게 허락되는 일이 아니니 그것 하나만으로도 이미 레전드가 되신 겁니다."

"루이스……."

"저는 미식가에 불과하지만 클랜튼은 미식에 더불어 세계 요식업에 막강한 영향력을 미치는 사람입니다. 보쿼즈도르는 물론 미국의 요식업계도 그의 손바닥 안이죠. 그런 사람이 내린 결단이라면 신뢰도는 100%에 가깝습니다."

"그분을 모셔 온 사람이 루이스 아닙니까?"

"안내자는 안내자일 뿐이죠. 보고 듣고 깨닫는 건 그의 몫입니다."

"제가 단독 만찬의 배팅을 한 건 오기였을 뿐입니다. 남들 하는 대로 따라가기 싫은……."

민규가 말끝을 흐렸다.

단독으로 만찬 주관.

그 주장의 배경에는 세 사람이 있었다. 이윤과 권필, 그리고 정진도. 그러니 민규 하나만 간다고 해도 넷이 조리대에 서는 셈…….

"그게 대단하다는 거죠. 프랑스요리에 불꽃같은 감성을 남긴 베르나르 브레숑과 폴도 그런 주장은 하지 못했거든요."

"그 사람들은 형제였다면서요?"

"밀리어레어 테이블의 역사상 형제 셰프가 주관한 경우가 무려 네 번입니다. 같이 혹은 따로 주관하기는 했지만 말입니다. 그중 누구도 'Only one'을 외치지는 못했습니다."

"그렇게 말씀하시니 겁이 나는데요? 이제부터라도 굉장한 파트너를 수배해 봐야 할 것 같습니다."

"그건 그렇고 거기서 나오는 초청비도 기부하고 올까 봐 겁이 나는군요."

"왜요? 그러면 안 되나요?"

"안 될 건 없지만 덕분에 제 출연료까지 털리고 와서요."

"예? 그럼 루이스도 방송국에서?"

"제 출연료야 푼돈 아닙니까? 셰프께서 쾌척을 하시길래 동참을 했습니다. 아이들이 28명이나 되니 몇 푼씩 돌아가지 않더군요."

"루이스……."

민규 표정이 안타깝게 변했다. 괜한 민폐를 끼친 것 같왔다.

"제가 왜 셰프님의 요리를 좋아하는지 아십니까?"

"갑자기 왜 화제를 돌리십니까?"

"물 때문입니다."

"물?"

"우리 인간, 물이 70%지요. 채소나 육류, 과일도 그렇고… 모든 생명체의 베이스는 물인데 셰프님은 기막힌 물을 만들어낸단 말이죠. 요리의 시작이자 근원이 물이라면, 셰프님 물의 근원은 어디겠습니까? 당연히 마음이겠죠? 마음 좋은 셰프라고 다 좋은 요리를 만드는 건 아니지만 좋은 요리를 만드는 셰프가 마음까지 좋다면 그 요리는 사람의 위가 아니라 마음에 맛을 새겨줍니다."

"……"

"방송에 출연해서 한중 정상의 만찬을 맛보고 아이들에게 따로 만들어준 진귀한 요리까지 맛보았습니다. 돈으로 따져도 저는 남는 장사였습니다."

"루이스……"

"당신의 요리… 시크릿 밀리어레어 테이블에서 또 하나의 전설을 쓸 것을 믿어 의심치 않습니다."

루이스 번하드의 목소리는 모락 김을 뿜어내는 요리처럼 담백했다.

다라다라랑.

루이스 번하드를 보내고 내일의 식재료를 정리할 때 핸드폰이 울렸다.

―셰프님, 저 홍설아예요.

흘러나온 목소리의 주인공은 홍설아.

"방송 다 끝났어요?"

―그럼요. 보셨어요?

"네, 홍설아 씨 멘트 덕분에 제 요리가 확 살던데요?"

―그거 말고 시청률이 얼마나 나온 줄 아세요?

"글쎄요?"

―놀라지 마세요. 무려 46% 찍었어요. 46%!

"46%요?"

―국장님도 난리예요. 사장님도 방송 보다가 어깨춤을 추셨다고 해요.

"하핫, 망신은 안 당해서 다행이군요."

―망신이라뇨? 이 셰프님 요리가 보통 요리인가요? 지금 방송국 게시판하고 관련 기사들, 댓글이 폭발적으로 올라오고 있대요.

"그럼 또 전화 꺼야겠네."

―잠깐만요. 잠깐만요, 셰프님.

"왜요?"

―저희 지금 셰프님 가게 근처에 있어요. 피디님이 이 감

격 그냥 넘길 수 없다고 뒤풀이해야 한다고 해서 무작정 쳐들어왔어요. 그런데 가게에 가까워지니까 저보고 총대 메라고……

"몇 명이에요?"

—전부 다요. 엔딩퀸까지 다 모였어요. 엔딩퀸 노래도 대박 났어요. 삽입곡 두 곡이 실시간 음원차트 10위 안에 진입했대요.

"그럼 어쩌겠어요? 제가 칼 한번 더 잡아야지."

—죄송하지만 안주는 저희가 준비했거든요. 셰프님은 그저 용안만 허락하시면 돼요.

"오세요. 거절하면 우리 가게 엎어버릴 것 같은 기센데……."

—정말이죠? 고맙습니다.

홍설아, 귀청이 찢어질 듯 소리를 질렀다.

"행주방 팀이 온대?"

종규가 물었다.

"그렇단다. 안주까지 준비했다는데?"

"시청률은 얼마나 나왔대?"

"46%"

"으핫, 대박!"

"엔딩퀸의 노래도 대박 반응이란다. 그러니 막을 명분이 없지? 게다가 우리 아우님, 엔딩퀸에게 빠진 것도 같고……."

"내, 내가 무슨……."

"빠진 거 맞아요. 아주 민망할 정도로 훔쳐보더라니까요. 게다가 전화번호도 따고……."

재희가 거들고 나섰다.

"야, 여자 보는 건 그냥 남자의 본능이야. 전화번호는 나중에 예약할지 몰라서 받은 거고……."

"본능인데 왜 얼굴까지 빨개진대? 그리고 예약은 가게 명함을 주면 되지."

"아, 씨……."

"쳇, 비겁하게 둘러대지 말고 자수해. 내가 오빠 눈만 보면 다 알거든."

"어우, 씨… 그래, 뻑 갔다. 왜? 그럼 우월한 몸매 가진 여자들이 단체로 왔다 갔다 하는데 쳐다도 못 보냐? 나는 연예인 전화번호 좀 받으면 안 되냐?"

"셰프님은 안 보시더라."

재희가 돌직구로 맞섰다.

"나도 형 레벨 정도 되면 안 볼 거거든!"

"그만해라. 손님들 온다는데 준비 좀 해야지."

민규가 앞치마를 종규 품에 안겼다.

"뭐 사 온다며?"

"그래도 손님이잖냐? 게다가 좋은 날, 요리사 가게에 오는데 기본은 차려놔야지."

"그래서 나보고 하라고? 재희는?"

"우리 집 여론은 결정된 거 같은데?"

민규가 재희를 바라보았다.

"오빠가 빽 간 엔딩퀸이 오잖아? 솜씨 발휘해서 잘 보이셔야지."

재희는 민규 편이었다.

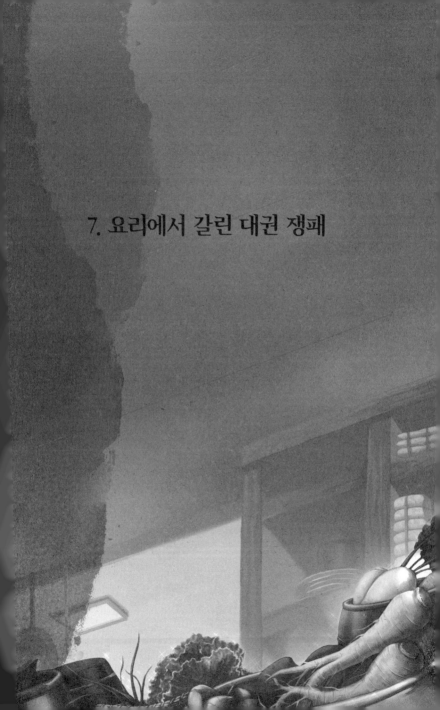

7. 요리에서 갈린 대권 쟁패

　"짜자잔!"

　홍설아가 내놓은 안주가 대박이었다. 마트에서 공수해 온 오징어와 육포, 과일이 전부였던 것. 술은 그래도 소주 봉지 속에 샴페인이 세 병이나 있었다.

　"안주 어때요? 죽이죠?"

　홍설아가 너스레를 떨었다. 엔딩퀸이 오징어 포장 비닐을 뜯었다.

　"셰프님, 이거 어디서 구워요?"

　그녀들이 떼창을 한다.

　"이리 주세요. 손님에게 그런 거까지 시킬 수는 없죠."

"아니에요. 오늘은 저희가 보조예요. 말씀만 하세요."

"에이, 그래도 그렇지……."

"여기에요."

민규가 머쓱해할 때 종규의 목소리가 새치기를 하고 나왔다. 주방 앞에서 손을 흔든 것. 엔딩퀸이 우르르 종규에게 몰려갔다.

"종규 오빠 입 찢어지겠네."

정화수를 내려놓던 재희가 입을 실룩거렸다.

뻥, 뻥!

샴페인이 활화산처럼 터졌다.

"건배!"

민규의 건배사로 축하연이 시작되었다. 차만술도 한 자리 끼었다.

"오늘 최고의 날입니다. 이진만 사장님도 뻑 가고 편성 본부장님도 뻑 가고… 아주 제 은인이십니다."

피디 입에서 침이 튀었다.

"그러게 제가 뭐랬어요? 이 셰프님은 된다고 했잖아요."

홍설아도 의기양양.

"저희도 셰프님이 은인이에요. 오면서 소속사 전화를 받았는데 오늘 들어온 출연 요청만 일곱 군데나 된대요."

엔딩퀸도 목소리를 높였다.

"어머!"

깔깔거리던 멤버 하나가 시선을 멈췄다. 그녀의 핸드폰이었다.

"야, 너 지금 감히 이런 자리에서… 빨리 못 치워?"

리더 민세라가 눈을 부라렸다.

"그게 아니고… 지금 우리 노래가 1등 먹었어. 실시간 음원 차트 1위……."

"뭐?"

멤버들의 시선이 핸드폰으로 쏠렸다. 그 화면의 상단에 엔딩퀸의 이름이 또렷했다. 그대로 시드는가 했던 엔딩퀸의 신곡. 마침내 포텐이 터지고 있었다.

"셰프님……."

그녀들의 눈망울에 감격의 눈물이 서렸다.

"요리 나왔습니다."

그 틈으로 종규의 안주가 공수되었다.

"……!"

테이블에 세팅되니 홍설아와 엔딩퀸의 눈이 휘둥그레졌다. 재희도 그랬다. 첫 요리는 궁중화면. 녹두국수를 오미자국물에 말아냈으니 색감 곱기는 꽃의 정원과 다르지 않았다. 형형색색으로 치자면 약선샐러드 또한 못지않았다. 석류알과 아보카도, 당근과 늙은 호박에 다크초콜릿까지 들어갔으니 다국적 감동이었다.

"드셔보세요. 화면은 시원하면서도 맛이 개운하고요. 샐러드는 피부 보습에 끝내주는 구성으로 맞췄습니다. 새콤달콤한 석류알의 엘그라산 성분은 피부 수분을 조절하고 히알루론산은 촉촉한 피부를 만들죠. 고소한 아보카도의 리놀산은 상피세포에 실드를 씌워 수분 손실을 막고 신선한 당근의 베타카로틴은 손상 피부를 빠르게 힐링시키고, 달달한 다크초콜릿의 플라바놀은 피부 세포의 밀도를 높여… 나아가 얼굴에 집중될 수 있도록 도라지청을 참나물소스에 섞었으니……."

"간단하게 줄여서 엔딩퀸에게 잘 보이려는 샐러드, 됐어?"

옆에 있던 재희가 종규 말을 자르고 들어왔다.

"어머, 그럼 나는 먹으면 안 되는 거예요?"

홍설아가 짐짓 정색을 했다.

"먹는 건 상관없지만 아마도 눈치가 좀 보이겠죠?"

재희의 단언.

"야, 아니야. 왜 자꾸 그래?"

종규가 손사래를 치고 나왔다.

"그래, 우린 그냥 육포에 오징어나 뜯자고. 주제를 알고 살아야지."

차만술이 슬쩍 조크에 합류했다.

"아, 진짜… 그런 거 아니라고요. 나는 그냥 여자들이 많으니까 그거 생각해서……."

종규가 울상이 되었다.

"이거 남자는 어디 서러워 살겠나? 그럼 아예 테이블 찢어요. 종규 씨하고 엔딩퀸에 여자들 따로!"

피디의 절규가 마침표를 알렸다.

하하핫!

아하핫!

맛있는 소리가 강변으로 퍼져갔다.

*　　　*　　　*

토닥토닥!

모처럼 맞이하는 휴일 새벽, 빗방울 소리에 잠을 깼다. 아직은 알람이 울리기 전이었다.

토닥토닥!

빗소리를 따라 고개를 돌렸다. 종규가 보이지 않았다. 대신 보이는 건 푸른 등불이었다. 홀 쪽이었다. 가만히 다가가 문틈으로 내다보았다.

"……."

종규였다. 노트북을 펼치고 열중하고 있었다.

'설마 게임?'

조금 더 목을 빼 들었다. 화면은 미국 방송의 홈페이지였다. 종규는 영어 공부를 하고 있었다. 낮은 소리로 문장을 읽는 소리가 들렸다.

"Dak galbi."

목소리가 이어진다.

"Dak galbi is a stir—fried chicken dish. Cooked on a large hot plate, includes cabbage, rice cakes, onions, sweet potatoes so on……."

몇 번이고 반복되는 소리를 들으며 가만히 돌아섰다. 미소가 절로 난다. 게임에라도 빠진 걸까 싶던 마음이 화끈 부끄러웠다.

시크릿 밀리어레어 테이블 때문인 것 같았다. 그 소식을 들은 종규와 재희는 입을 쩌억 벌렸다. 여왕의 만찬에 이어 한중 정상의 만찬까지 참가했지만 듣도 보도 못한 엄청난 스케일에 놀란 것이다.

영어…….

일본어…….

중국어…….

프랑스어…….

요리사는 요리 외에도 할 일이 많았다. 요리에 대한 이해도를 넓히려면 더욱 그랬다. 이들 언어를 모른다는 건 그들의 요리에 대한 이해도가 떨어질 수 있다는 얘기와 같았다.

여왕의 만찬에서 느꼈을 일이었다. 중국의 쌍둥이를 만나면서 쌓였을 일이었다.

하고 싶은 말을 못 하면서 유쾌할 사람은 없었다.

입구로 나오니 비바람이 상큼했다. 비는 물이다. 초자연수를 다스리는 민규였으니 비와의 친화성은 말할 것도 없었다. 정화수 한 잔을 소환해 마셨다. 하늘에는 비, 옆에는 묵묵히 흐르는 강물, 그리고 손에 든 초자연수 한 잔. 삼위일체가 따로 없었다.

시크릿 밀리어레어 테이블.

아무래도 그 생각을 놓을 수 없었다. 돈이나 명예가 아니라 호기심이었다. 세계적인 거물들이 모이는 새해 첫 정찬. 어떤 사람들이 오는 걸까? 빌 게이츠나 워런 버핏 같은 세기의 부호들부터 천문학적인 연봉을 받는 메이저리거나 프리미어리거들이 오는 걸까? 아니면 할리우드의 스타들과 신흥 IT, IA 재벌들일까? 혹은 노벨상 수상자들?

그렇다면 나는 누구를 추천해야 하는 걸까?

주방의 작은 의자로 돌아가 메모를 시작했다.

양경조 회장.

장영순 여사.

김순애 여사.

허달구 회장.

쑨차오 회장.

왕치둥.

왕징위.

샤킬 피펜.

아이즈먼.

갈라예프.

칼린첸코.

베론 왕세자.

어쩌면 영부인…….

적고 보니 적지 않았다. 대개는 주머니 형편도 넉넉하니 기부금 걱정을 하지 않아도 될 사람들. 그 이름들이 양식이 되어 민규 가슴을 채워주었다. 얼마 전만 해도 상상치도 못할 거물들. 그런 사람들의 인맥이 거미줄을 이루고 있었다.

일어나세요, 오늘이 찾아왔습니다.

일어나세요, 오늘이 찾아왔습니다.

그제야 알람이 울렸다. 평소보다 시간을 늦게 세팅한 까닭이었다. 원래대로라면 지방 장터를 돌았을 계획. 그러나 일기예보와 함께 밀린 예약이 있어 장을 늦게 보려던 계획이었다.

종규 쪽을 바라보았다. 아직 영어 삼매경이다. 가만히 마당으로 나와 냉장 트럭에 시동을 걸었다. 공부를 방해하는 건 좋은 형이 아니다. 그 정도는 알고 있는 민규였다.

'오늘을 위해.'

상큼하게 시동을 걸어주었다.

시장에서 민규를 맞은 건 선거 벽보들이었다. 마침내 대선 시즌이 시작된 것. 주용길의 포스터를 바라보고는 시장 안으로 걸었다.

"이어, 이 셰프!"

"아이고, 우리 셰프님 왔네."

"어서 와, 이 셰프."

시장에 들어서기 무섭게 인사가 날아들었다.

"손 좀 만져보자. 정상 만찬 만든 손… 먹는 건 꿈도 꾸지 못하니 손이라도 잡아봐야지."

"아따, 거 너무 오래 잡지 마소. 그라몬 내가 잡을 때 맛깔이 다 빠져 버리니……."

조크는 쉬지도 않고 이어진다.

"어제 방송 봤어. 아주 요리의 신이야, 신."

"다 이모님하고 삼촌들이 좋은 재료 대주신 덕분입니다."

민규가 화답을 했다. 입에 발린 말이 아니었다. 식재료가 없다면 셰프의 마법이 무슨 소용일까?

"아봐, 말하는 뽄새 좀 보소. 마음이 저래 좋으니 요리도 맛나지. 우리도 언제 친목계 곗돈 모아서 이 셰프 요리 한번 먹으러 갑시다."

"아따, 갑시다. 까짓것. 우리가 가면 서비스라도 하나 더 주겠지."

상인들은 마음껏 호기를 부렸다.

"언제든 오세요. 대환영입니다."

"그런데 오늘은 월요일이잖아? 쉬는 날 아니야?"

60대 초반의 어패류 상인이 물었다. 이제는 민규의 휴일까지 꿰고 있는 그들이었다.

"여기저기 출장을 다녔더니 밀린 예약이 몇 개 있어서요."

"워매, 대한민국 돈은 우리 이 셰프가 다 쓸어버리누만."

"아따, 좀 쓸면 어떻다요? 이 셰프라면 대한민국 돈 다 쓸어도 환영이지."

"돈만 쓸어? 나는 이 셰프가 대통령 나가도 찍어줄 테야. 웬만한 인물보다 훨 낫지."

"그렇지. 이 셰프가 대통령 되면 우리 같은 상인들 마음 좀 알아주겠지."

"맞아. 오늘 후보들이 온다고 했지? 그것들이 생쇼 하러 오는 거지 우리 같은 사람들 살림살이에 관심이나 있대? 새벽바람 맞으며 나와서 버는 돈이 얼마나 된다고 그저 세금 빼먹을 궁리에 눈깔만 시뻘겋지."

상인들의 대화가 대선으로 옮겨 갔다. 대선의 스타트, 시장 사람들도 영향권 밖은 아니었다.

"후보들이 오신다고요?"

민규가 물었다.

"그려. 아침에는 박수근이, 오후에 주용길이 온다나? 강병철이는 청량리 경동시장 쪽으로 간다고 하고⋯ 와봤자 번거롭기만 하지만 온다니 막을 수 있나?"

"오시면 장사 잘될 정책 좀 마련해 달라고 하세요."

"아서. 내가 이 자리에서 대통령에 당선된 인간들만 네 번을 만났는데 다 헛지랄이야. 그것들은 우리한테 관심 1도 없어. 서민 코스프레로 바닥 표 땡기려는 이벤트지."

"박수근과 주용길, 강병철 후보가 다 그렇게 보여요?"

민규가 슬쩍 여론을 떠보았다.

"주용길이가 좀 낫긴 하지. 하지만 오십보백보야."

"그렇군요… 흠, 오늘 올갱이가 좋네요?"

민규가 화제를 돌렸다. 정치와 종교는 오래 얘기하다 보면 꼬일 확률이 높기 때문이었다.

"거봐. 우리 이 셰프는 한눈에 알아보잖아?"

주인이 남편에게 레이저를 날렸다. 아마도 경매를 받을 때 이견이 있었던 모양이다.

"영동 거야. 올갱이 하면 영동이지. 알도 탱탱하니까 이 셰프 손을 거치면 둘이 먹다 하나가 죽어도 모를 요리가 될 거야."

주인의 응원을 들으며 계산을 했다.

소고기 향이 좋은 갈비와 수구레를 사고 예약에 필요한 식재료까지 구매를 끝냈다. 마지막 득템은 냉이였다. 어디서 이런 진품이 왔을까? 냉이 향이 청아하기 그지없으니 그냥 두고 올 수 없었다. 그렇게 시장을 나올 무렵에 종규에게 전화가 걸려왔다.

―형, 어디야?

"시장."

민규가 태연히 전화를 받았다.

—으악, 혼자 가면 어떡해?

"영어 공부는?"

—봤어?

"당연하지. 내가 달리 네 형이냐?"

—에이, 씨… 그래도 그렇지. 로드매니저를 팽개치고 가면 어떡해?

"형은 주인, 너는 종업원. 그러니까 너는 휴일에 쉬어야지. 주인은 그런 거 없으니까 일하는 게 맞고."

—진심?

"농담이다. 형 지금 들어가니까 식사나 좀 부탁한다. 올갱이가 기막히니까 올갱이국밥 어때? 열공하는 우리 아우님, 시력 보호에 간 기능 개선, 신장 신기 강화에 갈증 해소까지."

—놀리기는. 알았어, 된장 물 끓이고 있을게.

종규의 대답은 올갱이 육수처럼 시원하게 들렸다.

와라락!

올갱이가 된장 끓는 물로 투하되었다. 여기에도 요령이 있다. 말쑥하게 씻은 후에 물이 빠지는 그릇에 건져둔다. 5분쯤 두면 올갱이가 빼꼼 고개를 내민다. 이때가 타이밍이다. 이유는 알을 까야 하기 때문. 아무 때나 넣고 삶아내면 알이 안으로 들어가 까기가 힘들어진다.

다라락!

은근하게 끓어올랐을 때 올갱이를 건졌다. 삶은 물은 버리면 안 된다. 이 물이 바로 올갱이국 육수의 진정한 베이스가 되는 것이다.

"이리 줘."

알을 까는 건 할머니가 맡았다. 쉬는 날이지만 아침 식사를 겸해 모셨다. 혼자 살다 보니 쉬는 날이 반갑지 않으시단다. 초빛에서는 최소한 혼자 밥 먹는 일은 없기 때문이었다. 게다가 나이 드신 분들이 더 좋아하는 올갱이국. 약선으로 끓여내니 마다할 이유가 없었다.

쏙쏙!

초록 색감 싱그러운 알갱이들이 빠져나왔다. 올갱이 까는 것만큼은 종규도 할머니를 쫓아가지 못한다. 할머니는 오직 감으로 깐다. 올갱이는 눈이 침침한 할머니에게도 도움이 될 식재료였다.

초록초록.

토실한 올갱이 알들은 윤기가 났다. 지장수 때문이었다. 삶기 전에 담가둔 지장수에서 때깔이 제대로 살았다. 거기에 살짝 더해진 순류수는 그들의 환경과도 닮았다. 그렇기에 올갱이의 활력이 고스란히 배어 있었다.

올갱이 알과 매칭한 건 대파와 고구마 줄기였다. 시금치도 좋고 숨음배추 삶은 것도 좋지만 할머니 쪽에 맞췄다. 고구마 줄기는 기체(氣滯)와 통변(通便)에 좋다. 기를 다스리고 장을 시원하게 하는 것이다. 파 역시 시원하게 뚫어주는 힘에 더불어 열을 내리고 기관지를 촉촉하게 해준다. 여기에 황기와 능이를 더하니 이기에 건기건신, 거담보익에 면역력까지 올릴 수 있는 약선이었다.

"아유, 시원해. 국물이 진통이야."

올갱이국밥을 맛본 할머니가 몸서리를 쳤다. 탱글한 올갱이 진액이 녹아난 국물은 시원하면서도 달았다. 살도 단단하고 좋았다. 함께 어우러진 능이와 대파, 고구마 줄기 또한 담담하면서도 질리지 않는 맛. 보통 사람에게도 그만이지만 술을 마셨다면 더 어울린다. 올갱이에 풍부한 아미노산이 숙취를 밀어내기 때문. 대파 또한 그 역할을 돕는다.

식사를 마치고 주문 요리에 착수했다.

—수구레.

오전의 한 팀이 주문한 요리의 주재료였다. 퇴직한 교장들의 모임이었다. 그중 한 명이 민규 가게의 단골이었고 식사 중에 그런 오더를 물어왔다.

원기를 돕는 추억의 수구레요리.

궁중요리에는 그런 게 없으려나?

주문은 가능하나요?

"됩니다."

민규의 답은 OK였다.

수구레…….

서민들의 고기였다. 이 고기는 소의 가죽 껍질과 쇠고기 사이의 아교질을 일컫는다. 그러나 민규가 취급하는 수구레는 출전부터 달랐다. 여기저기 가죽 껍질에서 모은 찌꺼기가 아니라 소의 목덜미 아래 부위만 모은 것. 이 부위는 다른 수구레에 비해서도 쫄깃하고 담백했다.

손질을 위해 담가둔 수구레를 지장수에서 꺼냈다. 비린내는 제대로 빠지고 특유의 맑은 빛깔이 살아났다. 한 손에 쥐고 흔드니 탄력도 좋다. 최상급인 것이다.

수구레는 지방이 적고 콜라겐 함유량이 높아 관절에 좋다. 콜라겐이니 피부에 좋은 건 두말하면 잔소리.

─궁중수구레잡탕.

민규가 정한 요리였다. 잡탕은 궁중에서도 특히 즐겨 먹던 요리였다. 소, 소의 부속물, 돼지, 닭, 해삼, 전복 등이 들어간다. 동짓달의 시식인 골동갱도 잡탕으로 불리는데 여기에는 소의 내장이 많이 들어간다. 소 허파와 소 양 등을 넣고 고사리, 도라지, 파, 미나리 등을 넣어 양지머리와 갈비 삶은 육수에 끓여내는 것이다. 이것이 궁중 밖으로 나가면 소 부아, 소 창자 등이 더해진다. 수구레가 들어가지 말라는 법도 없다.

수구레.

잡다한 내장은 다 걷어치우고 그것 하나를 주제로 삼았다. 더한 건 콩나물과 고사리, 파, 무즙뿐이었다. 교장들이 살았던 시기는 가난하던 때. 그 추억에 맞춰 세팅하는 민규였다.

마무리는 구워서 으깬 연두빛 은행 세 알. 폐와 신장 기능 강화를 위한 것이니 기침과 가래에 도움이 될 약선이었다.

"후와!"

수구레국밥이 나가자 교장들이 진저리를 쳤다. 토담방처럼 정겨운 냄새 때문이었다.

"쫄깃하면서도 부드러운 식감… 그때 그 맛이네."

"씹을수록 고소해서 노곤해지는 것 같아."

"어이구, 속이 다 풀리네."

"나는 돌아가신 어머니 생각이 나네. 어머니가 수구레국 끓일 때면 채반에 건져둔 수구레를 슬쩍하느라 바빴거든."

교장들의 추억이 맛에 더해졌다. 치아가 부실한 손님 쪽에는 조금 더 삶아낸 수구레를 넣었으니 누구든 마음 놓고 먹을 수 있었다.

"이야, 역시 전문 셰프는 다르구만."

"말하면 뭐 해? 중국 주석도 녹인 손맛이라잖아?"

교장들은 흐뭇한 미소를 남기고 일어섰다.

점심시간, 마침내 오늘의 주빈 한 팀이 도착했다. 차량 행렬부터 요란했다.

"박수근, 박수근!"

차 문이 열리자 먼저 내린 참모들이 마당에서 기세를 올렸다. 주용길의 최대 라이벌로 여론조사 1~2위를 다투는 대선 후보. 그의 등장이었다.

"반갑습니다."

박수근이 손을 내밀었다.

"듣자니 주용길 후보도 여기서 약선요리로 보신을 한다던데 나도 당선 기 받을 약선요리 좀 부탁합니다."

"어떤 요리를 올릴까요?"

악수를 끝낸 민규가 물었다.

"기왕이면 그거로 주시오. 방송에서 재현한 한중 정상 만찬. 그 정도는 먹어야 우리 후보님이 당선의 기를 제대로 받으시지."

옆에 있던 선거 대책 본부장이 잘라 말했다.

"한중 정상 만찬입니까?"

민규가 되물었다.

"그래요. 방송하고 똑같이 부탁합니다."

똑같이.

본부장의 목소리에 힘이 들어갔다.

"원래 주문은 약선효종갱이었습니다."

민규가 예약을 상기시켰다.

"바꿔주세요. 그때는 정상 만찬을 몰랐지 않습니까? 후보님이 바쁘니까 빨리 좀 부탁합니다."

본부장은 일방적이었다.

"……"

"주문 변경?"

종규가 다가와 물었다.

"그렇다네."

"허얼, 국민과의 약속을 꼭 지키는 후보라면서 예약부터 꼴리는 대로 바꾸네?"

차량에 붙인 대형 포스터의 문구를 보며 종규가 혀를 찼다.

"할 수 없지, 뭐."

민규가 두건을 조여 맸다. 선거 참모들에 둘러싸여 들뜬 분위기를 보니 무슨 말도 먹히지 않을 것 같았다.

"양기를 북돋고 경락을 시원하게 열어주는 약수입니다."

열탕과 함께 과일말림부터 세팅해 주었다.

"이런 거 말고 제왕수 같은 건 없나? 마시면 당선되는 당선 약수라든가?"

참모들 사이에서 또 다른 요청이 나왔다.

"죄송합니다. 그런 물은……."

"허어, 대한민국 최고의 약수를 만든다더니 진짜는 빼먹으셨구만. 다음에는 그런 약수도 좀 만들어보라고."

참모들의 목소리는 끝 간 데 없이 거만했다. 숫자의 힘이었다. 사람이 많으니 눈에 보이는 게 없는 것이다.

"어이, 셰프, 이건 특별히 주는 팁이야. 우리 후보님 당선되시도록 특별한 약재 있으면 꽉꽉 넣어 오라고."

다른 참모가 5만 원을 손에 쥐어주었다.

"죄송하지만 팁은 사양합니다."

정중히 거절을 하고 돌아섰다. 충성 경쟁에 사기 과잉 충전 상황은 보기에도 좋지 않았다.

사갓!

돌배의 머리를 잘라냈다.

사각사각!

속을 정갈히 파냈다. 언론에 공개된 것과는 다른 박수근 캠프의 분위기. 아름다워 보이지는 않지만 돌배 속을 파내며 잊어버렸다. 돌배로 만드는 배숙, 신선의 은둔이 나오고 고구마와 보리수, 호두와 무릇으로 만드는 생명의 환희도 끝났다.

"요리 나왔습니다."

내실로 들어가 세팅을 했다. 청와대의 그것과 똑같은 비주얼이었다.

"이햐, 이게 바로 한중 정상이 먹은 만찬이구만."

"후보님, 드시지요. 배가 터지게 먹고 다음번 만찬은 청와대에서 하십시다."

"박수근, 박수근!"

참모들이 목청을 높였다. 민규의 설명 같은 건 안중에도 없는 분위기였다.

"이봐, 여기 건배주가 빠졌잖아? 그 자주인가 사주인가 하는 술……."

"술은 유권자를 만나실 것 같아서 빼놓았습니다만……."

"가져오라고. 기왕이면 제대로 해야지."

가차 없다. 민규의 의견은 씨알도 먹히지 않았다.

"알겠습니다."

결국 자주도 테이블에 올라가게 되었다.

"박수근, 박수근!"

연호는 마당까지 흔들어댔다. 이어지는 요구 사항도 한둘이 아니었다. 한두 명 겸손한 참모도 있지만 전체적으로는 과잉에 과잉이었다.

"박수근, 박수근!"

박수근 일행은 연호를 남기고 돌아갔다. 정신이 하나도 없었다.

"어휴, 정신이 하나도 없네."

종규가 몸서리를 쳤다.

"······!"

빈 테이블을 본 민규는 잠시 황망했다. 테이블이 엉망이었다. 요리를 먹는 것보다 요리의 의미에 관심이 있었다는 얘기였다. 염불보다 제삿밥. 속담 하나가 쓸쓸하게 가슴을 헤치고 갔다.

오후 6시.

주용길의 예약 시간이었다. 주용길 일행이 도착하지 않았다.

"뭐야? No show인가?"

종규가 시계를 바라보았다.

"그분이 그럴 분이냐?"

민규가 웃었다. 주용길이라면 예약 부도를 낼 사람은 아니었다.

"하지만 전화 한 통도 없잖아?"

"오고 있겠지."

위로를 하면서도 기분은 썩 좋지 않았다. 이제 본격 선거 운동에 돌입한 후보들. 시간을 쪼개 쓰는 기분은 알고 있었다. 그렇더라도 전화 한 통은 해줄 수 있는 일이었다.

40분이 지나서야 전화가 들어왔다. 김순애였다.

"셰프님 죄송해요. 마지막 코스에서 시간이 걸리고 차가 밀리는 바람에 조금 늦어요."

그녀의 목소리도 고조되었다. 주용길의 선거캠프에 합류한 다고 하더니 제대로 역할을 맡은 모양이었다. '조금 늦어요'의 결과는 1시간 40분이었다. 주용길이 도착한 시간은 7시 40분이었다. 그나마 쉬는 날로 예약을 잡았길망정이지 평일이었다면 다른 손님에게 테이블을 넘길 시간이었다.

"미안합니다."

차에서 내린 주용길이 사과를 해왔다. 띠를 두른 주용길과 차 박사 등의 참모들. 심지어는 장영순과 김순애까지도 후끈 달아올라 있었다. 흡사 한바탕 전투를 치른 모습이었다.

"셰프님."

장영순이 반색을 했다.

"들어가시죠."

민규가 내실을 가리켰다. 이해할 수밖에 없는 분위기였다.

"이 셰프님."

상황 실장이 민규를 끌었다.

"한중 정상 만찬요?"

민규가 고개를 들었다. 그의 요청도 박수근의 참모와 같았다.

"박수근 쪽이 다녀갔다면서요? 그쪽도 그걸 먹었다고 하더라고요."

실장이 핸드폰 화면을 보여주었다. 그쪽 참모가 올린 SNS였다.

"하지만……."

"선거는 기 싸움입니다. 우리가 지고 들어갈 수는 없지요."

"주 후보님 뜻도 그런지 여쭤봐 주시겠습니까?"

민규가 방을 돌아보았다.

"이런 건 제 역할입니다. 후보님께서 칭찬 많이 하시던데 부탁합니다."

"실장님!"

"기왕이면 박수근 쪽보다 더 좋게……."

"……."

"그럼 부탁합니다."

실장은 민규 등을 두드리고 내실로 향했다.

"또 정상 만찬?"

냉이를 다듬던 종규가 물었다.

"그렇다네?"

"허얼, 후보들끼리 짰나?"

"박수근 후보가 먹고 간 걸 알았나 봐. 음식 하나도 기 싸움이란다."

"그렇게 보면 그럴 수도……."

"재료 되겠냐?"

"재료는 넉넉해. 돌배도 좀 남았고……."

"그럼 시작하자."

사갓!

다시 돌배의 머리를 베어냈다. 한국인들은 오래 기다리는 걸 싫어한다. 게다가 막이 오른 선거전. 여론조사에서도 박빙이었으니 널리리야 여유가 있는 것도 아니었다.

그러나 아쉬움이 드는 건 사실이었다. 진짜 전쟁이라면 만찬이 아니라 전투식을 먹는 게 좋았다. 평소라면 주용길에게 의견을 낼 수 있는 일. 오늘은 참모의 숲에 둘러싸였으니 쉽지 않았다.

'선조…….'

지난 일화를 생각했다. 선조의 그릇을 시험하기 위해 수라상을 정갈하게 차리지 않았던 궁인들. 그 일화를 빌어 시험했던 차 박사. 그러나 돌아보면 그 시험은 군주가 될 사람에게 하는 게 옳았다. 그렇다면 오늘이 새로운 기회였다.

"형."

종규가 민규의 주의를 환기시켰다. 양념들 때문이었다. 요리 과정이 한중 정상 만찬과 달랐다. 양념이 빠지고 있는 것이다. 민규는 반응하지 않았다. 그저 당연한 듯 요리를 완성할 뿐이다. 실수를 할 민규가 아니라는 걸 알기에 종규도 입을 다물었다.

"요리 나왔습니다."

민규가 만찬식을 세팅하기 시작했다. 돌배숙의 자태는 유려했고 풋콩떡갈비의 풍후한 냄새는 마약처럼 강렬하게 후각을 자극했다. 메추리알밥과 오곡의 향연도 먹음직스럽기 그지없었다.

"으아, 이게 바로 그 만찬이구나."

"기가 막히네."

참모들이 먼저 자지러졌다.

"후보님, 드셔보시죠. 분위기 제대로 나는데요?"

실장이 요리를 권했다. 차 박사와 숙의 중이던 주용길, 그제야 고개를 들었다.

"어, 이 셰프님."

그의 호명을 고갯짓으로 받아내는 민규. 다행히 건배주는 원하지 않았다.

"돌배로 만든 배숙이라… 다들 들어요."

참모들에게 요리를 권한 주용길이 배숙을 한 숟가락 떠 들었다.

"……?"

반응은 기묘하게 나왔다. 뭔가 한 가지가 빠진 것 같지만 그게 뭔지 알 수 없다는 눈빛. 차 박사와 장영순 등의 참모들도 비슷한 눈빛을 보였다. 그 시선은 다음 요리에서 조금 더 진하게 표출되었다. 그리고 세 번째 집어 든 떡갈비에서 첫 반응이 나왔다.

"이거 원래 이런 맛인가?"

"그렇죠? 간이 안 된 느낌이죠?"

참모들이 수군거렸다.

"잠깐만요."

김순애가 복도로 나왔다.

"이 셰프님."

"예."

"후보님께서 잠깐 뵙기를 원하시는데요."

"……!"

김순애의 말에 종규가 긴장을 했다. 민규의 만행(?)에 대한 불안이었다. 주용길은 연못 앞에 나와 있었다.

"비가 와서 그런지 공기가 시원하지요?"

주용길의 손은 연못 수면에 있었다. 그가 만든 파문이 몽 우리를 닮은 연꽃을 건드렸다.

"예……."

"한중 정상 만찬, 굉장하네요."

"예……."

"박수근 후보 쪽도 그 요리를 먹고 갔다고요?"

"예……."

"요리가 들어온 다음에야 알았습니다. 참모들 의욕이 너무 지나쳤다는 것. 조촐하게 약선죽이나 한 그릇 먹고 갈 생각으로 한 예약이었는데……."

"예……."

"참모들이 요리의 간에 대해 말이 많았습니다. 나도 그런가 싶었는데 차 박사가 빙긋 웃어요. 그걸 보고서야 이 요리에 의미가 있을 거라는 생각이 들었습니다."

"……."

"제가 차 박사에게 썼던 초식입니까?"

주용길의 시선이 민규를 겨누었다.

"죄송합니다."

민규의 동의가 나왔다.

"역시 셰프님만의 의미가 있었군요. 말씀해 주실 수 있겠습니까?"

"송구하지만… 정상의 만찬은 오늘 자리에 알맞지 않다고 생각했습니다."

"샴페인을 미리 터뜨리지 말라?"

"죄송합니다. 박수근 후보 쪽의 주문도 흔쾌하지 않았는데 후보님 진영까지 똑같이 나오니 정통 궁중요리를 자부하는 몸으로 그냥 넘기기 어려웠습니다. 그러나 후보님에게 공개적으로 전달할 분위기가 아니기에 부득… 불쾌하셨다면 용서하시기 바랍니다. 요리는 간을 맞춰 다시 낼 수도 있습니다."

"아닙니다. 말을 듣고 보니 제 얼굴이 화끈거리는군요. 우리 실장의 오버입니다."

"후보님……."

"제가 선거 전략을 논의하는 통에 일어난 과잉 충성입니다. 내가 참모들을 따끔하게 혼낼 것이니 지금 들여온 요리는 물리고 셰프님이 생각하는 요리를 내주시면 고맙겠습니다."

"그래도 되겠습니까?"

"당연하지요. 제가 여기 온 이유는 셰프님의 추천식을 받으려던 것이었는데 부끄럽기 짝이 없군요."

"그러시다면……."

민규가 고개를 조아렸다. 주용길은 성큼 내실로 들어갔다. 곧이어 상황 실장이 나왔다.

"셰프님, 제 생각이 짧았습니다."

그가 사과를 전해왔다.

"괜찮습니다."

사과를 접수하고 주방으로 향했다.

주용길, 다행히 귀가 열려 민규의 기대를 저버리지 않았다.

"종규야, 아까 다듬어놓은 냉이, 전부 가져와라."

"냉이?"

"된장도 검은 것, 황금색, 미색의 세 가지를 퍼 오고, 뚝배기는 사람 숫자에 맞춰서 준비."

"형."

"약선냉이된장국으로 간다."

지시와 함께 밥을 안쳤다. 밥은 쌀과 좁쌀을 섞었다. 백미는 양이오, 좁쌀은 음이니 음양의 조화. 밥이 익는 사이에 민물김을 준비했다. 바짝 마른 김에 들기름을 바르고 붉나무소금을 가지런히 뿌렸다. 김은 참나무 숯불 위에서 두 번 구워냈다. 살짝 타는 듯 구워진 김은 고소하기 그지없었다.

보리굴비는 정성껏 쪄냈다. 칼집 사이로 드러난 새하얀 속살이 옥침을 마구 자극했다.

하르르!

뚝배기의 된장찌개가 김을 뿜기 시작했다. 소고기 육수와 함께 들어간 수구레 살, 그 위에 올라간 냉이 냄새가 압권이었다. 이 된장국은 특별했다. 한국의 된장국. 언젠가부터 서비스 찬품으로 격하가 되어버렸다. 고기 먹으면 딸려 나오는 풍경 때문이었다. 대충 끓여낸 된장찌개는 본래의 품격을 잃었다. 싼 게 비지떡이었으니 품질 관리가 제대로 되지 않은 것이다.

그런 찌개를 자주 접하면 된장찌개에 대한 기대감이 낮아
진다. 그 영향으로 많은 된장찌개 전문점들이 문을 닫았다.
그러다 보니 된장찌개가 한국의 대표 식품이라는 구호조차
공허해졌다.

그렇다고 된장의 파워가 사라진 건 아니었다. 된장은 여전
히 한국인의 DNA를 구성하는 식품. 잘만 끓여놓으면 한국인
의 맛과 정서를 대변할 수 있는 것이다.

보글.

민규의 된장찌개가 그랬다. 왕에게 올리는 궁중된장찌개 초
식이 나온 것이다. 오래 묵은 전통 된장과, 약초된장, 발아현미
된장을 균일하게 섞어 정화수와 열탕의 배합으로 30여 분을
끓여낸 다음에 소고기 육수를 부어 뚝배기에 담았다. 불은
참숯으로 은근하게 가열하니 사납게 몰아치지 않았다.

밥이 나왔다. 윤기가 좌르르 흐르는 흰쌀에 어우러진 노란
좁쌀의 자태는 한마디로 환상이었다. 거기에 보리굴비찜과 민
물김, 토하젓, 연꽃백김치와 시원한 잣김치가 곁들여지니 수라
상에 못지않았다. 그 마무리는 약선냉이된장국이었다. 용암처
럼 흰 연기를 내뿜는 뚝배기에 오롯한 냉이는 '대―한―민―국'
이라는 구호가 절로 나올 듯한 한국의 전형이었다. 고명은 붉
은 고추와 대파 몇 조각을 올렸다.

단 여섯 반찬의 식사가 새로 들어갔다. 만찬식의 분위기 때
문인지 참모들의 표정은 굳어 있었다. 그걸 풀어버린 게 된장

국이었다.

"후아!"

"이야, 이거……."

참모들, 된장국에 반해 차마 뒷말을 하지 못했다. 냉이가
죽음이었다. 한국인이라는 사실을 새삼스럽게 각인시키는 냉
이. 봄날을 담아놓은 듯한 그 맛은 한국인의 정서를 대변하고
있었다.

"히야, 내장을 쫙 훑어버리는 이 개운함… 한국 사람은 역
시 된장찌개야."

주용길이 탄성을 질렀다. 냉이와 된장의 매칭이 가져오는
마력이었다. 그 어떤 서양요리에서도 맛볼 수 없는 흡족한 맛.
흙냄새와 더불어 달려드는 들판의 봄 내음은 입안에 돌풍을
새겨놓기에 충분하고도 남았다. 게다가 국물까지 진하고 달았
다. 세 된장의 하모니 때문이었다. 하얗게 녹아내린 숯불의 기
도 때문이었다. 된장의 감동은 한식 매력의 시작에 불과했다.
윤기가 흐르는 밥 위에 살짝 점을 찍은 토하젓. 그걸 살포시
감싸 쥔 민물김이 '바삭' 속삭임을 냈다. 그게 입으로 들어가
자 미각은 또 한 번 몸서리를 쳤다. 바삭한 식감에 이어지는
고소함의 폭풍. 감칠맛의 핵폭탄 토하젓이 입안에 퍼진 것이
다. 그렇잖아도 입맛을 돋게 하던 찰진 밥알들, 쌀알과 좁쌀
알이 토하젓과 어우러지며 미각을 마비시켰다.

"후어어!"

여기저기서 거친 비명이 나왔다. 그 맛에 반한 참모는 뜨거운 밥 위에 토하젓을 올려 볼이 미어져라 한 입을 물었다.

"이거 제대로 토하로군요. 겨울이면 아버지 따라 살얼음 잡힌 논가 웅덩이에서 대나무 채반으로 건져낸 젓도 만들고 국도 끓이고 하던 건데……."

참모 하나가 추억에 젖어 눈시울을 적셨다.

"맞아요. 우리는 나물과 섞어 비빔밥으로 먹었는데 토하는 천연 소화제였지요. 아무리 많이 먹어도 체하거나 하는 일이 없었거든요. 특히 토하 알로 만든 하란은… 아휴… 이런 걸 여기서 맛보게 되다니……."

옆의 참모가 추억에 동참했다.

"토하만 좋은 게 아니죠. 이 고기, 보아하니 수구레네요. 쫄깃한 식감에 눅진하고 구수한 식감… 스트레스가 다 녹아버리는 맛입니다."

"이야, 이게 수구레였군요. 난 소 내장 부위인가 했는데……."

"굴비는 또 어떻습니까? 이렇게 부드럽고 담백한 맛은 처음이네요. 고릿하면서도 담백하기가 환상입니다, 환상."

참모들, 그제야 굳은 얼굴을 폈다. 음식 맛에 녹아버린 것이다.

"이 셰프님."

굴비 살을 집어 든 주용길이 민규를 불렀다.

"이 만찬의 의미를 좀 설명해 주시죠."

주용길의 목소리는 아주 정중했다.

"이 요리는……."

민규는 기꺼이 설명에 응했다. 민규의 속내를 받아준 예비 군주. 그런 자리라면 흔쾌하지 않을 이유가 없었다.

"이 요리에 제목을 붙인다면 '음양조화약선식'이 되겠습니 다."

"음양조화약선식?"

참모들이 고개를 들었다.

"우선 밥부터 그렇습니다. 쌀은 양이오, 조는 음이니 기본 부터 음양의 조화를 맞추었고 된장국 또한 양에 속하는 고기 수구레와 음에 속하는 채소 냉이로 조화를 맞췄습니다. 이는 우리 전래의 식품이자 요리의 하나로써 한국인의 정서를 대변 하는 재료들입니다. 어쩌면 평범하지만 한국인의 기저에 흐르 는 위대한 맛이니 그 도도한 내력처럼 유권자의 공감을 사기 를 바라는 마음이며, 조기는 본래 체질을 가리지 않는 생선이 니 모든 계층의 마음을 얻기를 바라고, 토하는 보잘것없는 새 우이나 그 안에 감춰진 진미를 가늠하기 어려우니 겉보다 내 실이 있는 모습으로 공감을 얻으시길 바라는 마음을 담았습 니다."

짝짝!

주용길의 손에서 박수가 나왔다. 참모들도 그 뒤를 따랐다.

특히 상황 실장은 혼자 기립해 박수를 쳐주었다. 자신의 과오에 대한 진심 어린 반성의 모습이었다.

허세 가득한 정상 만찬이 아니라 민족의 정서가 밴 요리로 배를 채운 주용길 캠프. 보글거리는 된장국처럼 사기가 끓어올랐다.

"오늘 물린 정상 만찬은 키핑을 부탁합니다. 이 셰프님의 바람대로 된장국 같은 민심을 얻어 당선된 후에 다시 와서 정식으로 청하겠습니다."

주용길이 식사를 마무리했다.

이 한 편의 장면이 대선의 기선을 제압하는 계기가 되고 말았다. 박수근의 참모가 올린 만찬 SNS와 주용길의 실장이 올린 냉이된장국이 유출되자 엄청난 반향이 나왔다. 김칫국부터 마신 박수근과 소탈한 대통령상으로 부각된 주용길. 여론 조사에서 5% 이상의 차이를 보이며 위력을 나타냈다. 여론이 주용길 쪽으로 기운 것이다.

[고맙습니다.]

여론조사가 나온 날, 주용길은 부산 유세 중에도 민규에게 문자를 보내왔다.

'키핑 내줄 준비를 해야겠군.'

민규 머리에 대선 승자의 예감이 들어온 날이었다.

      *   *   *

[주용길 38%]

[박수근 31.5%]

[강병철 12%]

[박성현 4%]

[한창수 1.5%]

[무응답 13%]

…

[주용길 41%]

[박수근 28.5%]

[강병철 11%]

…

[주용길 43.5%]

[박수근 25.5%]

마지막 여론조사가 나온 날, 대세는 완전하게 기울고 있었다. 주용길은 대선 선거운동 기간 내내 불꽃 정열과 겸허함을 이미지로 치고 나갔다. 여론조사에서 첫 40%대의 지지율을 돌파한 건 삼자 토론 때였다. 그때 역시 초빛에서 먹은 요리가 결정타였다. 정상 만찬으로 섣부른 축포를 쏜 박수근. 같은 요리가 나오자 물리치고 된장국을 먹은 주용길.

당신이라면 누굴 찍을 것인가?

박수근의 치명타는 아팠다.

기분 한번 낸 게 두고두고 발목을 잡은 것이다. 그제야 그의
참모는 민규의 만류를 떠올렸지만 때는 늦은 후였다. SNS에 올
린 사진도 다 지웠지만 인터넷에 퍼진 것들은 결코 수습되지
않았다.

반면 주용길의 진영에게는 첫출발부터 값진 학습이었다. 그
때 바짝 정신이 들었기에 선거운동 기간 내내 자신감을 높이
고 몸은 낮춘 자세로 표심을 잡은 것이다.

선거운동 기간 동안 주용길 캠프는 민규의 약선죽을 받아
갔다. 그저 흰쌀로 돌솥에 쑤어낸 죽이었다. 멀건 흰죽을 먹
는 캠프. 방송과 함께 지지율이 높아졌다. 다만 주용길의 죽
만은 새팥죽이었다. 그의 火형 체질을 고려한 배려였다.

선거 당일, 투표를 마치고 온 민규가 두건을 둘렀다. 오늘은
단 한 팀만의 예약에 추가 한 테이블이 내정되어 있었다.

팀 예약은 문정아의 포장공사배구단이었다. 그녀는 보란 듯
이 부활했지만 팀은 반대의 길을 갔다. 시즌 초반부터 불협화
음이 일더니 외국인 선수가 교체되었다. 그로 인해 내리 5연
패. 그 후로 발 빠르게 대처해 새 외국인 선수를 불러왔지만
부진의 늪은 갈수록 깊어졌다. 급기야는 문정아를 제외한 선
수단 전체가 슬럼프에 빠진 것이다.

어이없는 서브 에러는 물론이고 수비 라인이 엉기는 것도 한두 번이 아니었다. 마침내 선수단은 12연패라는 기록적인 행군을 계속했다. 그러다 보니 코트에 들어가는 것조차 두려웠다. 어쩌다 두세 점 리드하고 있어도 그저 잠깐일 뿐이었다. 어느 틈에 역전을 당하나 싶으면 세트스코어 3—0으로 끝나는 게임이 다반사였다.

만만한 1승의 먹잇감.

이제 포장공사는 모든 팀에게 승을 헌납하는 자판기가 되어버렸다. 올 시즌을 제대로 마치면 FA가 되는 문정아. 개인적인 성적은 좋았지만 위로가 되지 않았다. 결국 감독에게 의견을 냈다. 민규의 약선요리로 선수단 기분을 전환하자는 것. 온갖 전략을 다 들이대도 패전에서 벗어나지 못하는 감독. 분위기 반전을 위해 문정아의 의견을 받아들였다. 저녁 대전을 앞둔 점심 식사에 자신의 사비를 털기로 한 것이다.

나머지 한 테이블은 옥탑방 주인과 딸 상아였다. 문정아와도 아는 사이니 겸사겸사 초대를 하기로 했다. 옥탑방에 살 때 방세 편의를 봐준 것에 대한 보답의 일환이었다. 그때를 생각하면, 한 달에 한 번씩 모셔도 모자라는 민규였다.

—약선죽숙유.

—황량미(黃粱米)백반.

—창면.

—소방(所方).

—민물김.

—간장게장.

—토하젓.

—마샐러드.

—약선삽주떡.

—흑임자호두강정.

—창면.

—꽃산병.

—3색화전.

—오미자화채.

민규가 준비한 요리들이었다. 사기가 떨어진 팀이니 푸짐하게 차렸다. 운동선수들이라 마음 놓고 먹으면 먹성이 돋는다는 정보에 더불어 체질 리딩을 참고했다. 선수단 19명에 스태프 5명. 그중 12명이 대식가였던 것.

"와아, 정아 언니 오랜만에 보겠네."

한 표를 행사하고 온 재희도 들떠 있었다. 종규와 재희, 문정아는 같은 불치병을 앓았던 사람들. 민규와는 또 다른 정서적 교감이 있었다.

"아냐, 올해는 포장공사가 우승권인 줄 알았더니……."

종규도 아쉬운 표정이다.

"온다."

재희가 입구를 가리켰다. 포장공사 선수단 버스가 들어오고 있었다. 그 뒤에 택시가 붙어 온다. 옥탑집 모녀도 정확하게 시간을 맞추고 있었다.

"셰프님, 종규야, 재희야."

깡총 뛰어내린 문정아가 두 손을 번쩍 들었다. 나이로 치면 문정아가 가장 위쪽이었다. 종규보다도 두 살이 위인 것이다.

"언니이!"

재희가 문정아 품에 안겼다. 키가 훌쩍 큰 문정아였으니 재희가 매미처럼 보였다.

"뭐 하냐? 너는 안 안기고?"

문정아가 종규를 갈구었다.

"나도?"

"와라. 원샷에 끝내자."

문정아 손이 종규 어깨를 잡았다. 키가 크다 보니 둘을 안아도 감당이 되는 문정아였다. 1차 포옹을 끝낸 문정아, 민규 손까지 당겨 2차 포옹에 돌입했다.

"너무 과격한 거 아니야?"

민규가 문정아를 바라보았다. 순간, 쪽 하고 뽀뽀 소리가 울렸다. 출처는 민규 이마였다.

"뭐야?"

민규가 놀라자,

"죄송합니다. 우리끼리 내기했거든요. 셰프님이랑 뽀뽀하느냐, 못 하느냐… 야, 너희들 봤지? 내일 훈련 끝나고 피자 쏘는 거다."

문정아가 보란 듯이 소리쳤다.

"안녕하세요?"

그제야 감독이 말을 건네 왔다. 여자 감독이다. 연패의 부담 때문인지 얼굴에 기미가 가득했다. 그 어깨 뒤로 반가운 얼굴이 보였다.

"셰프님!"

옥탑집의 귀염둥이 상아였다.

"안녕하셨어요?"

그녀의 어머니도 뒤를 이었다. 상아가 민규 품에 안겼다.

"이야, 이제 진짜 공주님 같은데?"

민규가 번쩍 안아 들고 웃었다.

"셰프님은 왕자님 같아요. 텔레비전에 나오는 거 봤어요."

"그래?"

"상아는요, 이다음에 크면 셰프님이랑 결혼할 거예요."

"왜?"

"그래야 맛있는 요리를 날마다 먹을 수 있잖아요."

"……!"

"야아, 안 돼. 셰프님은 나랑 결혼할 거야."

장난기가 뻗친 문정아가 끼어들었다.

"안 돼요. 셰프님은 나랑 결혼해요."

위기감을 느낀 상아가 민규 품을 파고들었다.

"정아가 졌네. 이미 꼬마가 셰프님 차지했잖아?"

문정아의 선배들이 판정을 내렸다. 마당에 웃음꽃이 피어났
다.

*   *   *

[약선죽숙유]

주방의 메모를 본 재희와 종규가 신경을 곤두세웠다. 죽숙
유의 원방요리는 연포탕이었다. 둘은 연포탕에 대한 추억이
있었다. 재희가 보조로 출연한 방송의 출연 결정 대결. 그때
산림경제의 연포탕을 두고 겨룬 적이 있었다. 그 후로 둘은
연포탕에 대해 마스터에 가깝게 연습을 했다. 그 연포탕의 또
다른 이름 죽숙유를 들고 나온 민규였다.

죽숙유는 조선시대 정약용이 붙인 이름이었다. 여기서 말
하는 숙유는 두부의 다른 이름이니 두부가 들어가는 것이다.
게다가 오늘은 이 요리가 메인이었다. 그렇기에 닭과 두부부
터 달랐다.

닭은 투계였다. 투계는 주로 식용하지 않는다. 날렵한 근육
질이라 살이 질긴 까닭이다. 그러나 이 투계를 재래닭과 교배
한 종이 나왔다. 이 의견은 민규의 것이었다. 재래닭을 대주는
농장주에게 주문생산을 부탁한 것. 그렇게 만들어진 닭은 쫄

깃한 육질에, 적은 지방질, 풍후한 육즙으로 거듭났다.

닭고기는 뜨거운 성질을 가졌다. 뜨거운 마음으로 의기소침한 분위기를 날려 버리려는 것. 본래의 죽숙유에는 소고기가 들어가지만 생략했다. 소의 온순함이 투계의 전의를 방해할까 빼버린 것이다.

이류보류.

유사한 것은 유사한 것을 보강한다는 원리에 착안해 투계를 택한 민규. 배구 시합 또한 전투에 다르지 않으니 투계의 용맹함을 녹여내려는 구상이었다.

두부는 검은콩 여두를 써서 만들었다. 여두 중에서도 작고 단단한 숫콩만을 골랐다. 이 콩은 맥을 잘 뛰게 하고 해독 효과를 낸다. 생강즙에 버무려 볶아 약성을 높였으니 두부는 물기를 빼서 살짝 구운 후에 꼬치로 꿰어놓았다.

약재로는 황기와 뽕나무가지 삶은 물을 준비했다. 뽕나무가지는 관절에 좋고 황기는 기를 보하는 약재. 인삼을 넣을 수도 있지만 콩은 인삼과 함께 쓰지 않으니 배오금기를 지킨 것이다.

투계가 열탕과 요수를 더한 물에 들어갔다. 황기와 뽕나무가지 삶은 물도 보태졌다. 푹 익어 나오면 큼지막하게 찢으면 된다. 두부와 함께 맛과 더하면 기와 사기를 올려줄 일이었다.

밥은 황량미로 안쳤다. 황량미는 좁쌀보다 약간 큰 쌀로 죽근황(竹根黃)이라고도 부른다. 쌀알이 노란색을 띠며 향미와 함께 맛이 좋다. 땅의 좋은 기운을 받고 자란 쌀이니 따뜻한 성질이 있다. 이 또한 사기 진작에 바탕이 될 선택이었다.

이 밥의 풍미를 돋워줄 짝꿍들은 민물김에 간장게장, 토하 젓 삼총사. 갓 짠 들기름을 발라 숯불에서 구워낸 민물김은 그 감미로움이 형용 불가의 위엄을 떨쳤다. 고소하기가 바다김 과도 다른 것이다. 민규가 준비한 게장도 일반 게장과는 달랐 다. 이 게장에 들어간 주요 양념은 간장이 아니라 소금이었다.

1) 게를 깨끗하게 씻어 물기를 닦는다.
2) 등딱지를 까서 배 안에 소금을 채우고 실로 묶어 그릇 안에 켜켜이 쌓는다.
3) 간장과 후추, 술을 섞어 게가 잠기도록 채운다.
4) 진흙으로 봉한다.

레시피도 다르다. 민규는 붉나무소금을 썼다. 간장도 씨간 장을 부어 맛까지 살렸다. 이 게장의 포인트는 짠물. 게맛에 밴 주제처럼 짠물 수비를 염원하는 것이다.

다음의 창면은 녹두와 오미자의 결합이었다. 녹두는 몸과 마음의 안정을 가져오고 기를 잘 돌게 한다. 오미자는 과로에 지친 몸을 달래고 눈을 밝게 하니 차분한 경기 운영에 도움 이 될 일이었다.

석류만두 소방은 '여자 배구선수'를 위한 특별 서비스였다.

근래의 여자 배구는 미인들의 전쟁터였다. 배구선수인지 모델인지 모를 미녀들이 득실거린다. 그렇기에 경기력 외에 얼굴에 신경을 쓰는 선수들도 부적 늘었다. 그를 위해 새우와 더불어 유자와 당근, 늙은 호박, 무씨 등을 소로 듬뿍 넣었다. 피부가 고와지는 건 물론이고 뽀송하고 촉촉해지는 것에 더해 무씨로 원기까지 더하는 처방이었다. 만두 반죽은 추로수에 옥정수를 섞었고 찜솥에 들어가는 물도 같은 약수를 썼다.

연패로 흐트러진 집중력 강화에는 마와 삽주를 배치했다. 삽주를 넣은 약선삽주떡과 생마로 만든 마샐러드. 그녀들의 집중력 상승을 노린 요리였다. 기타 꽃산병과 3색화전, 오미자 화채 등은 구색을 위해 준비를 했다. 무화과양갱과 에스프레소양갱도 같은 취지였다.

"우와아!"

요리가 나오자 20여 낭자군들이 탄성을 질렀다. 운동하는 사람들의 목소리였으니 내실이 흔들릴 정도였다.

"와아아!"

민규의 설명이 나오자 또 한 번 감탄하는 배구단.

"와우!"

세 번째 감탄은 감독의 것이었다. 그녀의 죽숙유에는 특별한 것이 하나 더 있었으니 바로 기미를 저격하는 살구씨가루였다.

"아유, 기미가 문제예요? 연패만 벗어날 수 있다면 얼굴이 흑인으로 변해도 좋겠네요."

감독이 머쓱하게 웃었다.

"와아, 맛이 기가 막혀요."

"이거 정말 닭 맞아?"

"소고기보다도 맛난 거 같아요."

투계 죽숙유는 인기 최고였다. 그러나 그녀들도 한국인. 밥도둑들 앞에서는 그녀들은 변덕을 부릴 수밖에 없었다.

"밥도둑이 따로 없네."

"토하젓, 진짜 죽음이다."

"게장은? 내 인생 게장이야."

문정아와 선수단은 거듭 자지러졌다. 그럼에도 끝은 아니었다. 투명하고 우아한 만두 소방에서 숨이 막히고 창면에서 정신 줄을 놓았다. 약선삼주떡도 입안에서 살살 녹았고 3색화전은 마음에 풍경화를 그려주었다.

"어!"

꽃산병을 욱여넣던 문정아가 동작을 멈췄다. 그녀의 시선은 감독의 얼굴 위였다.

"왜?"

옆자리의 세터가 물었다.

"언니, 감독님의 기미가 사라졌어."

"어머, 정말!"

"와아아……."

나머지 선수들도 환호를 했다.

"그러고 보니 몸에서 힘이 펄펄 나는 거 같아."

"피부도 시원해졌는데?"

선수들이 이구동성으로 말하자 감독이 쐐기를 박아주었다.

"우리 셰프님 성의를 봐서라도 연패 끊자. 오늘은 가능할 거 같다."

사기 충전과 함께 테이블이 깔끔하게 비어버렸다. 뭔가 상큼한 기대를 안겨주는 그림이었다.

"셰프님, 고맙습니다."

상아의 인사가 특별 초대 손님들의 마무리였다.

"형, 출구 조사 나온다."

뒷정리가 끝나고 새 아이템 궁리를 할 때였다. 종규가 방송을 보며 소리쳤다.

"……!"

민규 시선도 화면에서 멈췄다.

[주용길 56%.]

[박수길 28%.]

출구 조사에서는 주용길이 압승이었다. 화면에 주용길의 당사가 나왔다. 선거 대책 본부장이 대신 인터뷰에 응했다. 그

때 민규 전화기가 울렸다. 김순애였다.

"셰프님, 보셨어요? 주 후보님이 당선될 것 같아요."

그녀의 목소리는 죽숙유의 활기보다도 한 수 위였다.

"축하합니다. 애 많이 쓰셨습니다."

"아홉 시 반쯤이면 당락이 나올 것 같다네요. 이따가 다시 전화드릴게요."

그녀가 전화를 끊었다. 후보보다도 더 좋아하는 눈치였다.

그 저녁, 포장공사는 마침내 연패를 끊었다.

첫 세트 28—26으로 진 게 신호탄이었다.

세트를 내주었지만 끈질긴 승부였다. 더구나 상대는 1위를 달리는 공장은행 팀이었다. 기미는 2세트부터 보였다. 초반 3실점으로 불안한 출발을 했지만 멋진 디그에 이어 문정아의 시간차공격이 기막히게 꽂혔다. 이어진 서브에서 문정아의 서브가 두 개나 에이스를 기록했다. 단숨에 3—3. 사기가 오른 포장공사는 2세트를 25—19로 잡아버렸다. 이후는 포장공사의 페이스였다. 3세트와 4세트도 25—22, 25—17로 끝장을 냈다. 디그는 폭발적이었고 블로킹 또한 제대로 먹혔다. 좌우 공격수는 물론이고 센터 또한 이동공격이 빛을 발했다. 다중 폭발적으로 공격 옵션 포텐이 터지자 공장은행도 속수무책이었다. 만만한 승리 자판기 팀이 1위 팀을 사뿐히 뭉개 버리는 대이변의 순간이었다.

"형, 포장공사가 이겼어. 정아 누나가 16점으로 수훈 선수가 되었고."

종규가 방방 뛰었다. 그 순간, 주용길의 캠프에도 밝은 빛이 찾아들었다. 방송국에서 당선 확정 사인이 나온 것이다. 화면에 주용길이 등장했다. 당선 확정이 선언되자 비로소 인터뷰에 응한 주용길.

[우직하지만 정직한 된장찌개 맛의 정신으로 국정을 운영해 실의에 빠진 국민들에게 푸근한 희망을 심어주겠습니다. 고맙습니다.]

"……!"

소감을 들은 민규가 혼자 웃었다. 고마웠다. 민규의 충심을 아직까지도 기억해 준다는 것. 그리고, 잠시 후에 민규 전화기가 울렸다.

대통령 당선자.

주용길이었다.

*   *   *

당다라랑!

이른 아침, 장을 보고 있을 때 전화가 울렸다.

차만술이었다.

"사장님, 웬일이세요?"

민규가 전화를 받았다.

―어디야? 시장이야?

차만술의 목소리는 한껏 고조되어 있었다.

"그런데요. 뭐 필요한 거 있어요?"

민규가 물었다. 가끔은 그런 적이 있었다. 차만술에게 부탁하거나, 혹은 그가 민규에게 재료를 부탁하거나.

―그게 아니고 그분이 오셨어.

"그분요?"

―대통령 당선자. 지금 이 셰프네 마당에 계시다고.

"예? 연락받은 거 없는데요?"

―하여간 계셔. 내가 아침에 산책하다가 봤거든. 한 십여 명 되는 거 같던데?

"그래요? 알겠습니다."

전화부터 끊었다.

주용길!

마침내 대권을 움켜쥐었다. 왕의 반열에 오른 것이다. 하지만 지난밤 통화에도 예약은 없었다. 핸드폰을 열었다. 누를까 하다가 멈추었다. 이제 그는 대통령이다. 아무 때나 전화를 거는 것도 옳지 않았다. 게다가 민규 모르게 도착한 거라면 따로 생각이 있을지도 몰랐다. 십여 명의 참모들 중에 누구도 전화하지 않는 게 그랬다.

'에라!'

전화를 거두었다.

"왜? 대통령이 오셨다며?"

옆에서 듣고 있던 종규 눈이 휘둥그레졌다.

"왔으면 뭐?"

"형……"

"그냥 보던 장이나 마저 보자. 나 모르는 예약 없었던 거 맞지?"

"그, 그래도……"

"장이나 보자니까."

민규가 종규 팔을 끌었다.

왜 왔을까? 키핑을 먹으러 왔을까? 그럴 수도 있었다. 어쨌든 기분은 좋았다. 왕을 기다리게 하는 맛도 쏠쏠했다. 이런저런 재료를 골랐다. 오늘따라 기막힌 식재료들이 많았다. 나물류도 그렇고 생선류도 그렇다. 종규는 안절부절이지만 민규는 휘파람까지 불었다. 뭐 설마하니 대통령까지 당선된 사람이 빈집에서 기다렸다고 사찰하거나 족치지는 않겠지?

"……!"

초빛에 내린 민규, 주용길 진용의 멤버들을 보고 시선이 굳었다. 한중 만찬을 시키던 날의 멤버들 그대로였다.

"오셨습니까?"

차에서 내린 민규가 주용길에게 다가섰다.

"이 셰프……."

"오실 거면 연락이라도 하시지요."

"왜? 숙수들의 역사에는 이런 날이 없었습니까? 왕이 먼저 사용원에 나와 기다리는 일?"

"있었지요."

민규가 답했다.

"진짜 그렇습니까?"

"예, 고려의 왕 중에서 그런 분이 계셨습니다. 당대의 숙수 중에 권필이라는 사람이 있었는데 그의 요리를 사랑하셨거든 요. 해서 요리를 기다리다 지치면 말도 없이 요리방에 납셔서 요리 과정을 감상하신 분이 계셨습니다."

"숙수의 입장에서 그런 왕은 어떻습니까?"

"인간적이니 보기 좋지요. 식욕이란 지나치게 탐해도 좋지 않지만 굳이 감출 것도 없지 않겠습니까?"

"그분은 좋은 왕이었습니까?"

"나라의 자주성을 외친 좋은 왕이셨습니다."

"그렇다면 내 출발도 나쁜 편은 아니로군요. 이제는 국민 위에 군림하는 왕이 아니지만 자주성만은 예나 지금이나 강조되어야 하는 것이니."

"다시 한번 당선을 축하드립니다."

"내가 이 셰프에게 그 말을 듣고 싶어 온 거예요."

"별말씀을… 제가 뭐라고……."

"그렇지 않습니다. 내가 어젯밤 잠들기 전 대선 과정을 쭉 복기해 보았어요. 그랬더니 그 시작도 이 셰프였고 그 마무리도 이 셰프였습니다. 내가 대선이라는 전장에 출사표를 던질 때 지지자들의 마음을 산 곳도 여기였고 중간에 위기를 극복하게 한 것도 이 셰프의 요리였으며 마지막 유세 과정에서 자만할 수 있던 분위기를 되새기게 해준 것도 이 셰프였습니다."

"당선자님의 열린 마음이 만든 기회일 뿐입니다."

"뭐라고 해도 좋아요. 그래서 당선자의 첫 아침 식사, 그걸 이 셰프의 따뜻한 요리로 시작하고 싶어서 측근들을 전부 소집했습니다."

주용길이 돌아보았다. 김순애와 차박사, 장영순 등이 정다운 인사를 전해왔다.

"그러시다면 키핑한 한중 정상 만찬을 올릴까요? 오늘은 저번처럼 맛이 밍밍하지 않도록 하겠습니다."

"와아!"

민규가 말하자 측근들이 환호를 했다.

"그럼 들어가시죠. 시장하실 테니 곧 준비하겠습니다."

"이 셰프님."

내실을 가리키는 민규를 당선자가 불렀다.

"예."

"정상 만찬 말고 그날 먹은 된장찌개를 부탁합니다."

"예?"

"된장찌개 말입니다. 아직 나는 당선자의 신분이니 그게 옳습니다. 정상 만찬은 청와대에 들어간 후에, 국운을 걸고 만나야 할 외국 정상들이 왔을 때 다시 부탁하겠습니다."

"당선자님."

"부탁합니다."

주용길이 한 번 더 강조했다. 온화한 목소리에 힘이 가득했다. 여기는 초빛, 민규의 왕국. 그러나 민규조차 압도될 수밖에 없는 위엄이었다.

"고맙습니다. 마침 그날만큼 좋은 냉이가 있으니 정성껏 만들어보도록 하겠습니다."

민규가 웃었다. 한중 정상 만찬의 오더보다 백배는 행복한 주문이었다.

보글보글!

세 가지 된장 물을 합친 뚝배기가 끓기 시작했다. 수구레도 듬뿍 넣었다. 끓는 소리도 정답기 그지없었다. 민물김을 굽는 종규도 미소가 가득하다.

김이 좌르르 흐르는 밥이 나오고 보리굴비도 알맞게 쪄졌다. 연꽃백김치에 잣김치를 더하니 싱크로율 100%의 된장찌개 백반이 되었다.

"이야!"

카트가 들어가자 박수가 나왔다. 그런데… 주용길의 옆자리 하나가 비어 있었다. 원래 세팅한 약수와 수저 등이 다른 곳으로 옮겨진 것.

"이 셰프님."

주용길이 민규를 바라보았다.

"예."

"바쁘겠지만 여기 잠깐 앉을 수 있겠습니까?"

"예?"

"내가 이 셰프님하고 같이 밥 좀 먹고 싶어서요."

"……?"

"부탁합니다."

"그건… 손님에 대한 예의가 아닙니다."

민규가 사양했다. 마음은 알지만 민규가 넘볼 자리가 아니었다.

"우리 사이에 예의를 따질 겁니까? 내 언젠가는 꼭 이 셰프와 밥 한번 먹고 싶었습니다. 하지만 그조차 쉽지 않았으니 앞으로 대통령직 인수위원회에 취임식까지 겹치고 보면 쉽지 않을 일, 작심하고 자리를 비웠으니 사양하지 말아주십시오."

"당선자님……."

"동생분 맞죠? 미안하지만 밥공기하고 빈 대접 좀 주시겠습니까? 수저와 물컵도요."

"형……."

황망한 종규가 민규를 바라보았다.

"가져오세요."

김순애가 거들고 나섰다. 장영순에 차 박사까지 합세하니 민규로서도 어쩔 수 없었다.

"받으세요."

주용길, 자기 밥 반을 덜어 민규에게 주었다. 된장찌개도 대접에 퍼주었다. 냉이도 듬뿍이고 수구레도 듬뿍이었다.

"이러실 거면… 밥하고 찌개는 여유가 있습니다. 제 것은 따로 가져오겠습니다."

"내가 이 셰프님하고 나눠 먹고 싶어서 그럽니다. 이게 한국인의 정 아닙니까?"

"당선자님……."

"자, 여러분. 여러분들 덕분에 이 주용길이 대통령에 당선되었습니다. 그러나 제 마음에 이 정성스럽고 따뜻한 밥과 찌개처럼 고맙게 각인된 사람이 하나 있으니, 바로 여기 계신 이민규 셰프님입니다. 모두가 고생하셨지만 제 당선에 있어 최고의 숨은 공로자는 이 셰프님입니다. 그러니 오늘은 제가 아니라 이 셰프님에게 따뜻한 박수를 부탁합니다."

짝짝짝─짝짝!

박수는 길게 이어졌다. 주용길부터 그랬다. 민규를 바라보는 그 눈은 된장찌개 속의 냉이처럼 푸근한 정을 머금고 있었다.

"당선자님……."

민규 눈이 흐려졌다. 세종대왕… 그의 손길이 그랬다던가? 한글 창제를 위해 밤을 새우는 집현전 학자에게 담요를 덮어 준 성군. 그러나 권필 역시 그런 손길을 받은 적이 있었다. 중병에 걸린 왕자의 약선을 위해 분투하던 권필. 그 노고를 달래주기 위해 몸소 샘물을 떠다 준 고려의 왕. 그 물을 마신 다음에 올라온 따뜻한 격려의 손길. 그 장면이 재현되는 느낌이었다.

"많이 먹어요."

주용길이 토하젓을 듬뿍 올려주었다. 민물김도 잊지 않는다.

"어, 수구레 맛이 참 푸근하고 깊네. 안 그렇습니까?"

주용길이 측근들에게 묻는다. 민규에게는 당선자의 마음 씀씀이가 담담한 머위 맛만큼이나 부드럽게 느껴졌다.

"냉이에 매운 고추, 수구레에 고들빼기김치… 뭐 하나 밥도둑이 아닌 게 없네."

주용길이 이마에 맺힌 땀을 닦았다.

'그럼요. 특히 당신에게는 더욱 그렇죠. 당신의 체질이 火형이잖아요. 누가 먹어도 맛있지만 화형에게는 저격식이거든요.'

민규가 냅킨을 건넸다.

성군이 되소서.

공감 속의 권필이 왕에게 말했다.

국민에게 희망을 주는 대통령이 되십시오.

민규의 바람도 다르지 않았다.

식사가 끝나갈 무렵 기자들이 들이닥쳤다. 이제는 무엇을 하든 관심의 대상이 되는 주용길이었다.

"아침 메뉴가 된장찌개였습니까?"

테이블을 보고 기자들이 물었다.

"그렇습니다. 다 먹은 다음에 오시니 미안하군요."

주용길이 기자들을 맞았다.

"이게 바로 지난번에 먹은 그 된장찌개로군요?"

"맞아요. 제 인생 찌개입니다."

"취임하시면 이민규 셰프님이 청와대 주방을 책임지는 겁니까?"

"저는 그러고 싶지만 이 셰프님을 청와대에 묶어놓을 능력이 없군요. 외국인도 아니니 여권을 감춰둘 수도 없고……."

주용길이 웃었다.

"이 셰프님, 당선자가 먹은 된장찌개 좀 찍을 수 있습니까?"

기자들의 질문이 민규를 겨누었다.

"그러지 말고 한 그릇씩 드셔보시죠. 아침 일찍 나오느라 수고했으니 제가 내겠습니다."

주용길이 지갑을 열었다.

"정말입니까?"

기자들이 반색을 했다.

"이야하, 이거 우리 된장찌개의 지존이 여기 있었구나."

"이거 순수한 우리 콩에 우리 된장으로 만든 겁니까?"

된장찌개 백반이 나오자 기자들이 탄성을 질렀다. 그렇잖아도 출출한 아침, 윤기 흐르는 밥에 딸려 나온 된장찌개와 보리굴비였으니 반하지 않을 수 없었다.

"후어어, 입천장 다 까졌네. 그래도 멈출 수가 없어."

"이거 된장찌개만 해도 밥 한 솥은 먹겠는데."

기자들은 숟가락을 멈추지 못했다. 그야말로 위장을 훑어 버리는 후련한 맛. 그 뒤에 달려드는 시원하고 개운한 한국 맛의 진수가 거기 있었다.

"하핫, 내 연설보다 셰프님 된장찌개 한 뚝배기가 백배는 더 효과적이군요."

지켜보던 주용길이 민규를 감쌌다. 그 광경이 한 기자의 카메라에 담겼다.

"차 한 잔 더 드릴까요?"

당선자 측근들이 돌아간 후 민규가 김순애에게 물었다. 남은 사람은 두 명. 김순애와 장영순이었다. 그건 민규의 요청이었다. 머큐리 재단 일로 상의할 일이 있었던 것이다.

"주세요. 국화차가 오늘은 아주 달아요."

김순애가 잔을 내밀었다. 민규가 정성껏 잔을 채워주었다.

"그렇잖아도 셰프님께 할 말이 있었는데……."

장영순이 핸드폰 화면을 열었다.

"우리 김 여사가 아는 건축가에게 맡겼는데 어떠세요."

장영순이 내민 건 초빛 주변의 공사 조감도였다. 비원을 모토로 여러 서원의 정원을 응용한 그림은 신선들의 마당처럼 보였다.

"여사님……."

"어차피 저한테 맡기신 거잖아요? 기왕 하는 김에 초빛도 리모델링에 리데커레이션을 하면 좋겠다고 하네요. 오래 걸리지는 않을 겁니다."

"너무 과합니다. 초빛 개조비는 제가 대겠습니다."

"그러면 선물이 아니죠."

"하지만……."

"이거 어머니에게 말씀드렸다가 혼만 났어요. 기왕이면 통크게 쏘지 생명의 은인에게 고작 이 짓거리냐고……."

"……."

"그래요. 그냥 받아들이세요. 셰프님의 요리 먹으러 오는 사람들에게 드리는 보너스라 생각하시고……."

김순애가 거들고 나섰다. 한때는 은근히 각을 세우던 두 사람. 선거유세의 과정에서 굉장히 가까워져 있었다.

"이것 말고도 제가 부탁드려야 할 게 있는데……."

민규가 어렵게 운을 떼고 나왔다.

"뭔데요? 말만 하세요."

장영순은 기다렸다는 듯 반색을 했다.

"혹시 머큐리 제프 재단이라고 아십니까?"

"머큐리 제프 재단이라면… 들어는 봤는데… 그 미국 쪽 아닌가요?"

"어머, 거긴 내가 알아요."

반응은 김순애 쪽에서 강하게 나왔다.

"김 여사님이요?"

"그래요. 걔 있잖아요? 내 친구 천명화 화백."

"네……"

"걔가 생전에 몇 번 이야기를 했어요. 미국에서 성공하면 머큐리 재단의 초청을 받아가지고 폼 나게 기부 좀 하고 싶다고요."

"……"

"그 계집애, 그림값이 미치게 뛰었다고 하던데… 뭐가 급하다고……"

김순애가 눈시울을 붉혔다.

"천명화 화백님……"

민규도 심장이 내려앉았다. 초빛의 기반은 천명화의 그림이었다. 그녀의 소망이 그런 것인지 상상도 못 하던 민규였었다.

"머큐리 재단은 왜요?"

장영순이 물었다.

"김 여사님이 아시니 설명이 쉽겠군요. 그게… 그 재단에서 새해 첫날……"

민규가 사연을 설명했다. 민규가 초대할 수 있는 세 사람의 티오. 그중 두 사람이 되어달라고.

"대박!"

김순애는 대찬성이었다.

"그런 거라면 당연히 가야죠. 새해 첫날부터 세계적인 명사들과 만찬을 들며 기부하는 뜻깊은 자리, 게다가 이 셰프님의 요리라잖아요."

장영순도 기꺼이 동참을 선언.

"역시 이 셰프님과 저, 그리고 천명화는 인연이네요. 천명화 그년 소원을 내가 대신 이뤄줄 수 있게 되다니……"

김순애가 바짝 고무되었다. 이야기는 조심스럽게 꺼냈지만 반응이 좋으니 민규 마음도 가벼웠다.

천명화 화백이 꿈꾸던 자리.

그러고 보면 민규에게도 운명 같은 기회가 되었다. 그녀의 그림으로 자리 잡은 초빛. 그 그림의 주인이 그토록 원하던 자리에서 만찬을 주관하게 되다니…….

'화백님도 오시는 거죠?'

두 여사가 돌아간 뒤, 민규가 화면을 열었다. 천명화의 신선 마을을 찍어둔 사진이었다. 그림이 '네' 하고 대답하는 것 같았다.

8. 새해의 맛을 찾아라

　클랜튼에게서 중간 이메일이 왔다. 장소가 정해졌다는 전갈
이었다.

　[캐나다. 온타리오주 토론토의 CN 타워 스카이 포드 전망대
특설 홀.]
　[날씨는 맑음 예상, 토론토 시내뿐만 아니라 나이아가라폭포까
지 조망될 것으로 전망.]

　나머지 정보는 다음 회차에 보내준다는 첨언이 있었다.
　민규가 추천한 사람은 김순애와 장영순, 그리고 양경조 회장이었다. 양경조 회장에게는 장영순의 허락을 받은 나흘 후에 부탁을 했다.

"머큐리 재단의 기부 만찬이라면 들은 적이 있습니다."

그도 나름의 정보는 있었다. 어쨌든 대답은 흔쾌하게 나왔다.

"그런 일이라면 무조건 갑니다."

"죄송합니다. 그리고 고맙습니다."

"무슨 말씀을… 새해 첫날부터 좋은 일 하게 해준다는데 뭐가 죄송하고 고맙습니까? 다 제가 할 말이죠."

"혹시 회장님은 아시는 게 있습니까? 거기 기부금이 어떤 수준인지?"

"보통 만 불에서 백만 불 사이라고 들은 것 같습니다만."

"백만 불이오?"

"아니지. 드물게는 오백만 불도 있었다고 들었습니다만."

"그러시면 제가 괜한 부담을 드리는 건 아닌지요?"

"부담이라뇨? 셰프님의 새해 첫 요리라면 저도 몇만 불 정도 낼 용의는 있습니다. 제가 셰프님 덕에 올린 수입이 얼마인데요."

"그건 저도 마찬가지 아닙니까?"

"셰프님이야 당연한 수입이지만 우리는 셰프님이 없으면 꿈도 꿀 수 없는 수입이었습니다. 덕분에 중국에서 인지도도 많이 올라갔고요."

"그러시다면 신세 한번 지겠습니다."

"신세가 아닙니다. 제가 영광이라니까요."

양경조는 진심으로 열광했다. 이 열광이 또 보통 열광이 아니었다. 나중에 안 일이지만 양경조는 머큐리 재단의 정식 초청장을 받았다. 그러나 그 초청을 살포시 무시하고 민규의 손님 자격으로 참가 신청을 했다. 같은 돈을 내더라도 민규의 뽀대를 살려주려는 의도였던 것.

그날 저녁, 민규는 만찬의 메뉴에 대해 궁리하고 있었다. 테이블에 놓인 건 서양과 중국, 일본 등지의 향신료였다.

─레몬소금, 스싼샹, 시치미토가사리.

레몬소금은 모든 맛을 끌어올리는 마법의 만능 조미료. 신맛, 짠맛, 쓴맛은 물론이고 떫은맛에 더불어 상큼함, 담백함까지도 높여준다. 스싼샹 역시 신비한 조미료에 속한다. 중국 북송 시대에 시작된 이 양향신료는 비급으로 전해지다 상품화되었다. 열세 가지 향신료를 배합한 맛은 황궁에서도 애용할 정도였다. 나머지 시치미토가사리는 일본의 천연 조미료. 일곱 가지 재료를 배합해 다양한 풍미를 돋운다. 우동이나 돈부리에 많이 쓰지만 기름기가 많은 요리는 물론 매콤한 맛을 올릴 때도 빠지지 않았다.

하나하나 맛을 본다. 민규가 만든 천연 조미료와도 비교를 한다. 양념을 한다면, 소스를 만든다면 어떤 것을 써야 세계 명사들의 마음을 사로잡을 것인가?

그들은 세계 유수의 VIP들. 입맛 또한 굉장할 게 틀림없었다. 더구나 뜻깊은 일에 거액을 쾌척할 사람들. 어떻게든 더 만족스러운 요리로 지갑을 열게 해야 했다.

중국식.

약선식.

한국식.

궁중식.

세계식.

민규가 알고 있는 모든 요리를 상기했다. 왕의 수라상부터 이윤의 절대 비기 오리탕, 오감 만족 약선식에 오장 만족 한국 오곡식, 나아가 역사의 면면이 녹아든 궁중식에 자유분방한 퓨전까지……

—고려시대 상화병.

—조선대, 사치의 상징 유밀과.

—인조대에 성행하던 비단결 같은 육질의 갓 부화된 병아리 고기.

—산삼을 넣은 호화 대추.

—황금전약.

—총천연색 색만두를 품은 황금보만두.

—닭요리의 지존 황금칠향계.

—천하 일미 진상품으로 차리는 궁중골동반.

—항산화 절정 채소를 엄선해 구성한 황금채소샐러드.

─황금을 도포한 알 껍질 속에 숨겨 내는 각종 알모듬요리.

─초자연 지향적인 흙국수 무위자연면.

─청정산야초로 쥐어 내는 약선산야초초밥.

'각국 새해의 요리로는…….'

─장수와 풍요를 기원하는 떡국(한국).

─왕의 과자로 불리는 갈레트 데 루아(프랑스).

─렌틸콩에 돼지족발로 만든 소세지요리 코테키노 콘렌티체 (이탈리아).

─포도 12알을 곁들인 빵 로스카 데 예레스(멕시코).

─뜨거운 기름에 고기와 각종 채소를 데워 먹는 부르고뉴 퐁듀(독일).

─채소와 고기를 믹스한 올리비에 귤(러시아).

─천상의 음식으로 불리는 인도의 우유요리 소타(酥酡).

─동파가 예찬한 토란요리 옥삼갱(玉糝羹).

─불도장(중국).

─말린 과일과 향신료, 수이트를 넣은 민스파이(영국).

─다양한 음식을 찬합에 담아 먹는 오세치(일본).

민규의 상상은 프랑스에서 일본까지 달려갔다. 요리가 정해지면 어떻게 구상을 할까? 왕의 분위기로 갈까? 자연식으로 갈까? 아니면 파격적인 분자요리 스타일로 갈까? 그러다 메모를 지워 버린다. 길은 하나다. 남들이 다 하는 요리를 조금 더 잘해 가지고는 감동을 줄 수 없었다. 클랜튼의 모험 역시 궤를 같이한다. 민규이기에 단독 주관을 맡긴 것이다. 지금껏 그 어디에도 없었던 소박한 식재료로 구현해 낸 최상의 한중 정상 만찬. 그가 기대하는 건 그런 의미의 요리가 분명했다.

그렇다면 답은 높은 데 있지 않았다. 식재료 역시 호화로운 것에 있지 않았다.

테이블의 분위기를 바꾸었다. 쌀, 보리, 조 등의 오곡과 오채를 펼쳐놓았다. 인간의 육체는 정기신혈로 이루어진다. 그 정기신혈의 출발은 오장이니, 오장의 동력은 오곡이었다.

'오곡에 정진도의 소박함과, 권필의 궁중요리법과 이윤의 초자연수를 더하면······.'

흰쌀을 손샅에서 놓았다.

촤르르.

쌀알이 모래알처럼 흘러내렸다.

'쌀의 죽물은 정을 보충하는 유일무이한 것.'

동의보감 속에 남긴 허준의 목소리가 들렸다.

'쌀로 만드는 요리는······.'

죽, 밥, 떡, 한과, 국수, 떡볶이, 초밥, 현미차, 청주, 고추장······.

하나하나 더듬어 나가지만 만족스럽지 않았다. 지금까지 없었던, 그러면서 감성 충격에 더불어 만족도를 높일 요리가 팍, 떠오르지 않는 것이다.

생각을 거듭할 때 종규 목소리가 들려왔다.

"형, 좀 도와줘 봐."

종규의 위치는 싱크대였다. 아침부터 구멍이 막힌 것 같다고 하더니 해결이 되지 않은 모양이다.

"안 내려가?"

민규가 다가갔다.

"응. 뜨거운 물에 소다와 락스도 부어봤고 뚫어뻥까지 써봤는데도……."

"물은 어느 정도 빠지던데?"

"조금씩 부으면 나가는데 많이 부으면 역류해."

"철사 옷걸이 좀 가져와 봐."

아래쪽 구멍을 확인한 민규가 포복 자세를 취했다. 그 상태로 하수구 안으로·찔러 넣은 싱크대 연결 호스를 뽑았다. 나오지 않았다. 기름이 제대로 떡 진 모양이었다.

"갈비 기름 같은 거 그냥 버렸지?"

"어? 어……."

"갈비 기름 건어낼 때는 여과지 놓고 버리라니까. 그거 몇 번 들어가면 하수구 제대로 막힌다."

"그래도 잘 내려갔었는데……."

"어디 보자……."

민규가 철사 옷걸이를 풀어 하수구 관에 넣었다. 조금 들어가니 철사가 휘었다. 뽑아서 보니 기름이 덕지덕지 묻어 나왔다.

"뚫어뻥 아저씨 불러라. 그냥은 안 돼."

민규가 일어섰다. 이건 주방에서 허드렛일을 하며 배운 노하우였다. 사골이나 갈비 등에서 걷어낸 기름으로 막힌 하수구는 뚫어뻥으로는 넘사벽이다. 전문가를 부르는 게 빨랐다. 그런데 전문가들과 시간이 잘 맞지 않았다. 사정사정해 시간을 맞췄다. 도착한 전문가의 장비는 굉장히 단순했다. 달랑 전동 스프링 청소기 하나인 것이다.

"내시경 장비는 없어요?"

종규가 물었다. 다른 곳은 첨단 장비를 홍보하고 있었고 그렇기에 이 전문가도 당연히 그런 줄 알았던 것이다.

"건물도 아니고 이런 식당에 내시경은 뭐 합니까?"

"그래도 그걸 넣어봐야……."

"그거 다 개폼이에요. 그리고 그거 들이대면 비용이 얼만지나 아세요?"

"……."

"아이고, 제대로 막혔네. 뜨거운 물이나 좀 끓여주세요. 급하다고 해서 밥도 못 먹고 왔거든요, 빨리 마치고 길 건너 아파트 단지로 가야 합니다."

전문가 아저씨, 하수관을 보더니 우직한 직진을 시작했다.

끓는 물을 부은 아저씨가 연결 호스를 뽑아냈다. 연결 호스에 눅진한 기름이 묻어 나왔다. 하수관 안은 동맥경화의 극에 달해 있었다. 목장갑을 끼더니 본격 작업에 돌입한다. 전동 스프링 청소기의 전원을 넣고 한쪽 끝을 하수관에 입수시켰다.

드르륵 다르륵!

소리와 함께 스프링 청소기가 전후진을 했다. 그 끝에 기름 덩어리가 푸짐하게 묻어 나왔다.

"웩!"

비위 상한 종규가 고개를 돌렸다. 그래도 아저씨는 진지하다. 청소기 끝을 잡은 손의 감각으로 쑤시고 당기고… 몇 차례의 굉음과 함께 작업이 끝났다.

"이제 물 부어보세요."

그 말을 들은 종규가 수돗물을 틀었다. 물은 고래 울음을 내며 통쾌하게 빠져나갔다.

"됐습니다. 8만 원입니다."

아저씨가 장갑을 벗었다. 미사여구 하나 없는 우직한 승부. 어쩌면 불친절한 느낌까지 들지만 듬직한 신뢰가 느껴졌다.

"수고하셨어요. 식사도 못 하고 오셨다니 이거라도 마시고 가세요."

추로수 한 잔을 내주었다. 아저씨에게는 피부가 아니라 허기를 없애는 용도였다.

"어우, 물맛 좋네요. 눈도 시원하고 허기도 가시고……."

아저씨는 배를 두드리며 나갔다. 알고 보니 순박하다. 순박이 지나쳐 투박하다 보니 첫인상에서 손해를 먹고 들어가는 타입이었다.

촤아아!

관에 남은 기름기를 녹여 버리기 위해 뜨거운 물을 틀었다. 김이 모락모락 피어올랐다. 추로수를 소환에 이어 김을 보니 육천기 생각이 났다. 하수도 뚫는 아저씨, 시간만 넉넉하면 육천기 맛을 보여주는 건데… 그때 하수관을 바라보던 종규가 소리를 질렀다.

"아차, 누룽지."

"거기나 신경 써라. 내가 볼 테니까."

민규가 가스레인지로 향했다. 그 위에 두 개의 돌솥이 보였다. 안에서 누룽지가 익어가고 있었다. 돌솥에 남은 누룽지들. 남은 밥알을 알뜰히 긁어내고 약불 위에 두면 노릇하게 마른다. 그 얇은 누룽지를 한 입 물면 바—삭, 부서지면서 구수한 맛이 입에 묻는다. 아작바작, 깨무는 소리 또한 메아리처럼 청명하다. 이때는 뚜껑을 열어두는 게 요령이다. 뚜껑을 닫으면 증기 때문에 바삭하게 마르지 않는다.

'응?'

누룽지를 들여다본 민규 시선이 멈췄다. 누룽지 끝에 하늘거리는 얇은 막 때문이었다. 비단보다도 고운 전분막이 하르르 춤을 춘다. 죽물 때문이다. 맑은 물이 나올 때까지 쌀을 씻지 않으면 투명한 전분막이 생긴다. 돌솥밥 둘레에 묻었던 전분들이 솥이 마르면서 잠자리 날개처럼 부드러운 전분막으로 태어난 것이다. 보통 밥에서 생기는 전분막과는 아주 달랐다. 투명하기가 끝 간 데 없으니 눈이 시릴 듯한 느낌마저 들었다. 살며시 입에 넣으니 속삭임으로 녹는다. 몇 개를 겹쳐도 담백하기가 이를 데 없었다.

'이거……'

손끝에 올려놓으니 저절로 날아오른다. 하나는 멥쌀이었으니 흰색의 막이었고 또 하나는 조밥이라 노란빛이 감돌았다. 그것들을 일삼아 쌓아보았다. 한 겹, 한 겹 겹치니 시선이 몽롱해진다. 천 겹의 밀푀유라도 이렇게 얇을 수 있을까? 후우, 입김을 부니 꿈결처럼 부유한다. 다시 몇 겹을 겹쳐 입에 넣어보는 민규. 한 겹을 먹을 때와 달랐다. 진한 죽물을 더한 밥물이기에 오곡에 맺힌 진액을 고체로 먹는 기분이었다.

'맞아.'

영감이 왔다. 하오평 셰프와 경연할 때 민규의 승부수는 무위자연면이었다. 최고급 면을 흙으로 넘었다. 한중 정상의 만찬에서 중국 절정요리 만한전석을 넘은 것도 소박함이었다. 게다가 민규의 궁극요리 기사회생미음도 그 베이스와 핵심은 오곡이었다.

'오곡……'

손이 저절로 오곡을 집었다. 죽물을 끓였다. 죽물을 오곡에 씌우고 다시 끓였다. 몇 번을 반복했다.

보글.

소리와 함께 둥근 방울이 생겼다. 기사회생미음 때 보았던 그 방울을 닮았다. 담백한 방울에 전분막을 매치시켰다. 풍성하게 깔린 전분막들은 신성한 요람처럼 보였다. 상상으로 플레이팅의 나래를 펼쳤다. 접시의 색이 정해지고 요리가 올라앉고…….

먹는다는 것, 고착된 포만감의 선입견이 상상의 접시 앞에서 녹아내렸다.

식욕!

민규의 경우라면, 꼭 포식을 해서만 채울 수 있는 게 아니었다. 추로수가 있지 않은가? 기를 올리는 육천기가 있지 않은가?

정기신혈.

이는 상호작용이다. 정과 기에서 출발한다. 그것들이 신, 혈, 진액을 만든다. 정말이지 새해 만찬의 개념을 송두리째 깰 수 있는 천상의 식재료. 그건 먼 데 있지 않았다.

새해 첫 일출처럼 몸과 마음을 신선하게 만드는 요리. 번잡하지 않으면서도 최고의 만족을 줄 요리.

오곡.

오곡…….

뻥!

민규 머리에서 시원한 소리가 났다. 막힌 하수구처럼 시원하게 뚫리는 소리. 새해 첫 만찬의 아이디어가 떠오르는 소리였다.

"뻥!"

민규가 소리쳤다.

"왜?"

종규가 돌아본다.

"내 머리도 뚫렸다. 막힌 하수관처럼, 뻥!"

오곡!

정답지를 미리 본 듯 민규는 틈만 나면 밥을 해댔다. 오직 죽물로 시작하는 밥이었다. 햅쌀부터 묵은쌀까지 전부 동원되었다. 밥맛 좀 난다 하는 품종은 하나도 빼놓지 않았다. 심지어는 일본 명주를 만드는 쌀과 태국과 말레이시아, 미얀마의 쌀까지 망라했다.

그렇게 공을 들이고도 밥은 거들떠보지 않았다. 민규의 관심은 오직, 죽물의 방울과 하늘거리는 거품막이었다. 거품이 솥 가장자리에 달라붙어 말라 버린 그것들은 너무 얇아 천상의 숨결처럼 보였다. 어찌나 얇은지 밀전병이나 크레이프의 두께와도 비교가 되지 않았다. 바닥에 눌어붙은 누룽지 역시 노릇하게 완성시켰다. 솥과 누룽지의 경계부에서 하늘거리는 막도 남김없이 모았다.

전분막은 투명과 반투명을 오가며 순백을 자랑했다. 이 막의 완성이 메인 메뉴의 출발이었다. 메인의 신성을 부각시킬 수 있는 얇은 막. 햇살의 순수보다 더 순수한 막의 위엄이 필요했던 것.

"허얼, 쌀 전병 당첨인가?"

지켜보는 종규는 혀만 내둘렀다.

"쌀로 군신좌사의 '군'을 세우는 건 맞는 거 같아."

재희도 궁금하기는 다르지 않았다. 그렇게 남은 밥은 산야
초초밥을 만들어 가까운 복지원이나 요양병원에 제공했다. 새
로운 요리의 창작도 중요하지만 밥을 버릴 수는 없었다. 더러
는 궁중골동반도 만들었는데 그건 재희와 종규에게 맡겼다.

새해 정찬!

민규 머릿속에는 그 단어밖에 없었다. 이제는 왕이 중요한
시대가 아니었다. 그러니 세계적인 명사를 모신다는 건 왕을
모시는 것과 다르지 않았다. 그 왕들의 마음을 여는 요리를
만드는 게 지상 과제. 민규는 그 과제를 철저히 즐겼다.

각종 쌀과 초자연수의 조합.

그 최상의 접점을 찾는 것도 쉬운 일은 아니었다.

민규가 다룬 건 추청쌀, 오대쌀, 동진쌀, 일품쌀 등이었다.
추청쌀은 한국 쌀의 대표 주자다. 한국 식탁에 오르는 쌀 대
다수가 추청이거나 그것으로 개량한 까닭이었다. 노인벼, 소
하벼, 붉은벼, 이리벼, 해남벼, 은모레기찰과 고대종인 적토미
등의 쌀도 빠짐없이 구했다.

그렇게 하고도 연일 나주상회 이영자를 쪼았다. 마음 같아
서는 산림경제지에 등재된 36종과 임원경제지에 적힌 68종까

지도 망라하고 싶었던 것. 그러다가 고시히카리 품종에서 의문이 들었다. 이 쌀은 우리나라가 일본에 로열티를 줘가며 들여온 것이다. 그러나 쌀의 족보를 캐다 보니 우리나라의 재래종을 가져다 개량한 냄새가 났다. 어찌 보면 그들이 우리에게 로열티를 줘야 할 판이었다.

수많은 쌀 중에서 민규가 간택한 건 적토미와 녹미, 그리고 황량미였다. 적토미는 붉은 쌀, 녹미는 푸른 쌀, 황량미는 노란 쌀이었다. 천지인(天地人)의 의미인 청황적에 맞춤했다. 적토미부터 실험에 착수했다. 붉은 기운이 나는 이 쌀의 녹말막은 주홍이 감돌았다. 상지수와 정화수 배합수로 밥을 지어내니 선홍이다. 새해 첫 햇살의 기상을 잘라 온 듯한 느낌이었다.

응용으로 들어갔다. 적토미부터 죽물을 씌운 것. 이제야 비로소 메인 메뉴의 각이 드러났다. 죽은 사람을 살리는 천지인 부활미음의 응용 버전이었다. 사람을 살리는 일까지는 아니니 용의 재료는 없어도 되었다.

보글!

방울이 나왔다. 방울의 크기에 탄력의 강도까지 맞춰 실험에 실험을 거듭했다. 방울의 짝은 하늘하늘 얇은 막이었다. 둘을 매치시키니 선계의 요리와 다르지 않았다.

'좋았어.'

확신을 가진 민규가 후끈 달아올랐다.

적토미 생산자 정갑수.

적토미 생산자 황민기.

녹미 생산자 이장걸.

황량미 생산자 천을배.

네 명의 쌀 생산자 이름이 들어왔다. 한 이름의 쌀이라고
해도 같은 맛은 아니었다. 환경으로 빚어지는 차이가 있으니
당연한 결과였다.

네 사람의 쌀이 가장 우수하므로 전화를 걸었다. 지난번 청
와대 만찬에서 얻은 노하우였다. 그때는 상인들의 얄팍한 술
수가 싫어 신경 쓰지 않았던 일. 그러나 전 세계의 VIP들을
상대하는 만찬은 달랐다. 기회가 온다면 그의 쌀이 홍보될 수
있는 기회를 주고 싶었다. 멋진 식재료를 제공해 주는 데 대
한 보답이었다.

"예?"

황민기는 아웃 시켰다. 조심스레 떠보니 마인드가 형편없었
다. 그러나 정갑수는 달랐다. 그는 40년 차 농부였다. 오직 쌀
농사만 지었다. 적토미 외에도 재래종 쌀농사를 여럿 짓고 있
었다. 그의 사명은 한국적인 쌀이 사랑받는 일. 그런 사람이
라면 도움을 주고 싶었다. 녹미의 이장걸도 생각이 곧았다. 황
량미의 천을배도 기억했다. 그들의 쌀 사랑은 뚝심 하나로 이
루어지고 있었다.

"쌀이 너무 좋아서 연락드렸습니다. 정말 고맙습니다."

간단히 인사를 하고 끊었다. 미리 김칫국을 마시게 하지는

않았다.

최만술은 건배주로 바빴다. 그 역시 30여 가지의 술을 실험했다. 건배주보다는 약선차를 생각했지만 서양인들이 많은 초청객 비율을 고려했다.

와인을 내세우면 간단하겠지만 요리와 보조를 맞추고 싶었다.

결론은 차만술의 약선주였다. 와인의 느낌에 버금가는 민속주라면 가능했다. 조선 최고의 술로 불리는 태상주의 제법을 더듬었다. 다른 술을 기반으로 제법을 역추적하는 것이다. 아울러 '역주방문'의 레시피도 총동원했다. 이 책은 19세기 초반에 쓰인 술 빚는 조리법의 총서. 뜻밖에도 '삼해주(三亥酒)'에서 힌트가 나왔다. 삼해주는 백설기를 중심으로 술을 빚는다. 그 백설기를 적토미로 바꾸어 적설기를 만들었다. 술에 고운 빛깔을 내기 위해서였다. 술맛과 빛깔이 좋아졌지만 조금 아쉬웠다.

"산사자 어때?"

차만술이 빈 곳을 채울 수 있는 맛과 색감의 의견을 내놓았다.

산사자.

"와우!"

민규가 전격 반응 했다. 기막힌 조합이 될 수 있는 제언이었다.

산사자는 소식화적에 활현산어를 겸한 이기약선에 속했다. 소화 활성은 물론이고 적취를 제거한다. 살아가면서 막히고 뭉친 적 없는 사람이 있으랴? 게다가 혈액순환과 더불어 어혈까지 제거하니 중장년층과 노년층에게 좋았다. 나아가 기의 운행을 돕고 소통을 원활하게 하니 민규의 메인 요리와도 성격이 잘 맞았다.

거기에 서양산사자를 추가했다. 그렇게 하면 동서의 친화성을 도모할 수 있었다. 서양산사자는 신경을 진정시키고 불면증 치료에 스트레스 완화, 심근경색 방지, 혈류량 개선에 항산화 작용 성분으로 몸과 마음을 가볍게 해주니 한국의 산사자와 시너지 효과까지 기대되었다.

다만 중요한 건 맛.

산사자는 시고 달고 맵고 약간 쓴맛이 난다. 서양산사자는 신맛이 강화된 쪽이다. 쓴맛 성분이 적고 단맛이 강한 재료를 골라 새콤한 맛에 달달한 뒷맛을 여운으로 살렸다. 숙성이 끝나자 아침 햇살이 잘 드는 곳에서 3일 더 정기를 받았다.

숫자 3.

천지인이었다.

꼴꼴꼴.

차만술이 술을 따랐다.

"어때?"

민규가 잔을 들자 반응을 기다리는 차만술.

"……!"

민규는 빛깔과 향의 위엄에 반했다. 아침 햇살을 닮은 색감에 상큼한 햇살의 향이 거기 녹아 있었다.

"이름은 세해술로 붙여야겠어요."

"새해주?"

"아뇨, 세 개의 해를 담은 술. 적토미의 붉은 기운이 첫 햇살, 산사자의 붉은빛이 두 번째 햇살, 그리고 진짜 아침 햇살까지 녹였으니 세 해 술."

"키햐, 작명 센스 한번 끝내주네. 이름 죽이는데? 세해술?"

민규가 잔을 들었다. 햇살에 맞춰보니 어느 것이 술빛인지 햇살인지 구분이 되지 않았다. 빈 곳의 완성이었다.

"우홧."

시식을 한 할머니와 종규, 재희도 엄지를 세웠다. 부드러운 알코올 느낌에 상쾌하기 그지없는 술맛. 청와대에 내민 전통주 자주에 못지않은 창작이 나온 것이다.

"건배."

몇 잔 마시니 상큼하게 알딸딸해졌다. 예행연습은 제대로였다.

*　　　*　　　*

캐나다로 떠나기 나흘 전, 민규는 조경 업자의 재방문을 받왔다.

"마무리 결재 받으러 왔습니다."

업자는 지나칠 정도로 깍듯했다.

"장 여사님이 셰프님께서 OK를 내릴 때까지 풀 한 포기와 돌 하나까지 맞춰 드리라고 하셨습니다."

그가 고개를 숙였다. 그는 사실 장영순의 인척이었다. 장영순의 도움으로 쓸 만한 조경 회사를 운영하는 그. 천년 가는 왕궁을 만드는 사명으로 임하라는 특명을 받은 것이다.

"지난번에 제가 드린 요리 기억하시나요?"

민규가 물었다.

"당연하죠. 약수의 맛도 아직 혀끝에 걸려 있습니다."

그가 웃었다. 요리 맛을 보여준 건 영감을 위해서였다. 초빛의 핵심은 민규의 요리였다. 그 요리 맛을 모르고서야 민규가 원하는 정원 아이디어가 나올 리 없었다. 장영순이 보여주었던 초안은 이내 수정이 되었다. 요리 맛의 위력이었다. 백 번의 설명보다 나았던 것.

"제 요리를 기다리는 분들이 많습니다. 개업식 초청 손님들에게 초청장까지 보냈으니 차질이 있으면 안 됩니다."

"명심하겠습니다."

"저희는 모레 떠납니다. 중간에 잠깐 입국하기는 하지만 다시 중국을 다녀와야 하니 그때까지 완성을 부탁드립니다."

"걱정 마십시오. 재료부터 중장비, 인부들까지 투입 준비가 끝났으니 절대 차질 없을 겁니다."

업자는 몇 번이고 다짐을 주었다.

"체크하자."

영업 마감 후에 종규와 재희를 불렀다. 해외 출장의 시작은 언제나 여권이었다. 그다음은 식재료들. 이번 식재료는 많지 않았으니 영국 출장과는 또 달랐다.

하지만⋯⋯.

종규가 마련한 짐은 민규의 의도보다 많았다. 그 마음을 알기에 모른 척 넘어갔다.

"다녀오면 바로 중국으로 갈 거니까 그 식재료도 차질 없도록 하고 공사 끝난 후에 모실 손님들 준비도 철저히."

"옛썰!"

종규는 걱정 말라는 의미로 거수경례를 붙여왔다.

중국은 왕치등의 초청이었다. 그 역시 머큐리 재단의 만찬에 초청을 받았다. 그 얘기를 하다가 결국 민규의 초청 이야기가 다시 나온 것. 조경공사 때문에 며칠 더 쉬어야 할 판이었으니 마침 잘된 일이었다.

─잘 다녀와.

출국하는 날 이모와 이모부가 전화를 해왔다. 배웅하고 싶지만 그러지 못하는 걸 이해해 달라고 했다. 당연히 이해했다. 두 분의 사업은 날로 번창하고 있었다. 그거면 되었다. 뭘 더 바랄까?

"이 티켓은 저쪽에서 하시면 더 빨랐을 것을요."

공항 체크인 카운터의 여직원이 다른 카운터를 가리켰다. 무려 1등석 카운터였다.

"우린 이코노미인데요? 표 확인해 보세요."

민규가 말했다. 프레스티지나 1등석을 끊을 수도 있었지만 자제했다. 이번에는 할머니를 동행하지 않으니 그만한 체력이 되었다. 할머니의 열외는 할머니의 뜻이었다. 긴 비행시간이 너무 힘들다고 하니 어쩔 수가 없었다.

"최초 예약은 이코노미가 맞는데 변경되었어요."

"그럴 리가요? 예약자는 전데……."

"그건 저희도 모르겠네요. 아무튼 티켓은 변경되었고 왕복 잔금도 다 지불되었으니 귀국하실 때는 1등석 전용 카운터를 이용하세요. 그럼 훨씬 빨리 처리됩니다."

"그, 그게……."

뭐라고 말할 사이도 없이 티켓이 나왔다. 티켓은 분명 1등석이었다.

"혹시 장 여사님? 아니면 김 여사님? 그것도 아니면 주 당선자님? 아니면 양 회장님?"

짐작이 가는 사람을 하나하나 꼽아보는 종규. 꼽히는 사람이 너무 많아 오히려 헷갈렸다. 그때 민규 전화기가 울렸다. 장영순이었다.

─제가 저지른 소행이에요.

그녀가 자수를 해왔다.

"여사님."

─기부 예행연습 좀 해봤어요. 맛난 요리를 먹으려면 셰프
님을 편안히 모셔야죠. 원래는 제가 같이 가고 싶었는데 비즈
니스가 많아서 내일 가기로 했어요. 먼저 가셔서 최고의 요리
를 준비해 주시기 바랍니다.

"여, 여사님."

전화가 끊겼다. 꼼짝없이 기부(?)를 받는 수밖에 없었다.

"아, 이러시면 안 되는데⋯⋯."

민규가 고개를 저었다.

"뭐 어떡해? 기왕 이렇게 된 거 그냥 접수해."

종규가 추임새를 넣었다. 은근 좋아하는 표정이었다.

"재희 너는?"

"저도 그냥 접수하는 게⋯⋯."

재희도 웃음을 참느라 애쓰는 표정이 역력했다.

"좋아. 대신 너희들 이 고마움 꼭 기억했다가 나중에 장 여
사님께 맛난 요리로 보답해라. 알았지?"

"네에."

합창을 끝낸 종규와 재희, 민규 뒤에서 희열의 몸서리를 쳤
다.

"끄아압, 1등석⋯ 다리 아플 걱정은 덜었다."

"What's the purpose of your visit?"

"Business."

출입국관리 직원이 묻자 종규가 답했다. 더는 묻지 않았다. 입국 절차를 마치고 수하물 쪽으로 이동을 했다.

"에이……."

종규가 혀를 찼다.

"왜?"

민규가 돌아보았다.

"영어 말이야, 꼴랑 방문 목적만 물어보네."

"그게 실망이냐?"

"연습 졸라 많이 했는데……."

"어이구, 우리 종규 오빠, 또 뜬금포 작렬이네. 아예 동시통역으로 세워야겠어요."

재희가 레이저를 발사시켰다.

"야, 통역까지는 아니지만 그래도 배웠으면 써먹어야 늘지."

"그럼 저기 가서 좀 물어봐라. 한국에서 온 짐이 몇 번으로 나오는지."

민규가 종규 등을 밀었다.

"그걸 왜 물어봐. 저기 화면에 다 나오는데……."

종규는 간단하게 빠져나갔다.

"이 셰프님."

입국장으로 들어서자 클랜튼이 보였다. 남녀의 두 직원과 함께였다. 카트는 두 직원이 받아 들었다.

"피곤하시죠?"

클랜튼이 물었다.

"아닙니다."

"머큐리 회장님께서 잔뜩 기대를 하고 계신데… 어떻게 하시겠습니까? 지금 스케줄을 잡을까요? 아니면 오늘은 쉬시고 내일로 잡을까요?"

"오늘 뵙겠습니다."

민규가 답했다. 내일은 온전히 요리 준비에만 몰두할 생각이었다.

"잘됐군요. 회장님도 은근 기다리시는 것 같던데……"

클랜튼이 핸드폰을 꺼내 들었다.

머큐리 회장은 토론토 시내의 빌딩에 있었다. 60여 층에 달하는 빌딩 또한 머큐리 회장의 소유에 속했다. 행사가 치러질 전망대에서 가까웠는데 웅장하기보다는 고풍스러운 쪽에 무게감이 있었다. 종규와 재희는 모두 호텔에 체크인한 상황. 민규 혼자 집무실 앞의 대기실에서 잠시 기다렸다.

바스락!

가방이 기울면서 소리가 났다. 안에는 유리잔이 들었다. 머큐리에게 약수를 선보이려는 민규였다. 고마움의 인사로 초자연수의 맛을 보여주려는 것이다.

대기실의 벽면은 각종 명화로 가득했다. 눈에 익은 것들로 보아 가격만 해도 수십만 달러를 호가할 것 같았다. 혹시나 천명화의 작품이 있나 살펴보았다. 아쉽게도 눈에 보이지 않았다.

'하긴 이 정도 되는 사람이라면 천 화백님 작품은 체급 미달일지도……'

혼자 아쉬움을 달랬다.

저벅!

복도에서 발소리가 들려왔다. 회장 방으로 갔던 클랜튼이었다.

"가시죠. 회장님이 면담 중이셨는데 바로 정리하고 모시라고 하십니다."

클랜튼이 복도를 가리켰다.

"예……"

"근래 우리 회장님이 동양에 제대로 꽂히신 것 같습니다. 미술품만 그런 줄 알았더니 이 셰프님 요리에 거는 기대도 폭발적이네요."

"감사합니다."

"여깁니다."

클랜튼의 걸음이 멈췄다. 똑똑, 노크에 이어 문을 열었다. 비서실이 나왔다. 살집 푸짐한 여비서가 민규를 맞았다.

"그냥 들어가세요. 빨리 뵙고 싶다고, 오시면 바로 모시라고 하셨습니다."

여비서가 내실 문을 가리켰다. 그 문이 열렸다. 민규 눈에 은발의 머큐리 회장이 들어왔다.

"어서 와요."

머큐리가 민규 쪽으로 다가섰다. 민규 눈은 거기서 멈춰 버렸다. 은발의 머큐리 회장. 옆집 할아버지 같지만 엄청난 기품이 느껴졌다. 하지만 민규의 시선이 멈춘 곳은 머큐리가 아니었다. 머큐리 회장의 어깨 너머……

그곳에서 민규 시선을 뽑아버릴 듯 강력하게 잡아당기는 그것……

9. 운명을 찾아온 인도 대재벌

'천명화 화백님.'

민규가 굳어버렸다. 천명화의 그림들 앞이었다. 민규가 받았던 신선마을도 있었다. 진품이었다.

"이민규입니다. 기회를 주셔서 감사합니다."

시선을 접고 인사부터 챙겼다.

"머큐리요."

그가 손을 내밀었다. 여자처럼 부드럽고 길었다. 인사 후에 자리에 앉았다. 머큐리의 표정은 매우 호의적이었다.

"중국의 쏜빙빙, 러시아의 갈라예프, 영국 여왕, 한중 정상 만찬… 셰프의 요리 히스토리를 찾아보니 품격이자 자연의 맛의 대명사처럼 보이더군요. 이런 분이 있는지 몰랐다는 건 제 불찰입니다."

"별말씀을……."

"아닙니다. 이번에 클랜튼이 한 건 올리기는 했지만 만약 이 셰프를 찾아오지 못했더라면 바로 해고였을 겁니다."

머큐리가 뼈 있는 조크를 날렸다.

"보잘것없는 요리를 알아주시니 몸 둘 바를 모르겠군요."

"그럴 리가요. 우리는 아무나 띄우지 않습니다. 엄밀한 평가 와 확인 후에만 움직이죠. 이 또한 투자니까요."

'투자……'

"게다가 우리만 열광하는 게 아닙니다. 한 사람의 셰프에게 만찬을 맡기는 건 처음이라 의사를 떠봤는데 반응이 엄청나 더군요. 영국 여왕께서도 왕세자 부부와 함께 초청을 부탁하 셨고 러시아 대통령, 유엔사무총장, 유럽 왕가의 왕족들, 중국 의 총리, 중동의 부호를 망라해 세계 20대 부호의 절반 이상 이 초청을 기다리겠다는 전갈을 보내왔습니다. 이건 아주 이 례적인 일입니다. 그런 거물들이 처음은 아니지만 이번 같은 반응은 처음이거든요."

"재단의 역량 덕분으로 생각합니다."

"그런 측면도 있지만 역시 요리죠. 만찬에서 재단이 하 는 일은 기부 봉투 챙기는 일과 테이블 대여하는 역할뿐이니 까요."

머큐리가 웃었다. 은발의 기품이 서린 미소는 귀족의 느낌이 충만했다.

"이번에는 우리 제프 회장님도 오신다고 하더군요. 그 양반의 기부도 유효하니까 주머니 좀 많이 우려주시기 바랍니다."

"노력해 보겠습니다."

"임시 주방은 보여 드렸나?"

머큐리가 클랜튼을 바라보았다.

"인사를 마치고 가는 길에 들를 생각입니다. 오늘은 쉬고 내일 보라고 했는데 셰프님이 말을 듣지 않으시는군요."

"그게 프로페셔널이지. 할 일을 두고 잠이나 청한다면 요리의 신 아니면 허접 아니겠나?"

"셰프님께서 인사에 더해 약수 한잔 올리고 싶다고 하십니다."

"약수?"

머큐리의 시선이 다시 민규에게 돌아왔다.

"잠깐만 기다려 주십시오."

민규가 초자연수 전용 컵을 꺼내 들었다. 깨끗한 천으로 닦고 생수병을 집었다. 단아한 퍼포먼스는 필수. 전과 달리 간결한 손동작이었다.

꼴꼴꼴!

물이 나왔다. 첫 물은 열탕이었다. 나이 먹으면 서러워지는 몸. 어디 한 군데라도 아프지 않을 수가 없다. 머큐리로 치면 세계적인 부호에 속하지만 육체 건강은 노인의 몸에서 예외가 아니었다. 풍의 조짐이 있고 근육이 저리다. 나아가 약한 편두통을 달고 살았으니 열탕으로 경락부터 열어주었다.

"이 셰프님의 약수는 요리의 맛을 신비하게 하는 동시에 만병통치에 가깝습니다. 맛도 기가 막히고요."

클랜튼이 설명을 붙였다.

"그런가? 몸 안의 길이 트이는 기분이야."

첫 물의 반응이었다.

꼴꼴!

두 번째 물은 국화수와 냉천수의 혼합수.

"회장님은 이제부터 건강관리를 제대로 하셔야 할 것 같습니다. 방금 마신 물은 근육이 저릿거리는 걸 낫게 하고 편두통을 다스리는 약수입니다. 두 가지 걱정은 그쳐도 되겠습니다."

민규가 말했다.

"근육 저릿거리는 게 낫는다고? 거기다 편두통… 응?"

팔뚝을 보던 회장이 시선을 멈췄다. 이따금 주물러 주지 않으면 거추장스럽던 근육의 자극 반응. 그게 느껴지지 않았다. 다리도 그랬다. 너무 신기해 자리에서 일어나 걸었다.

"허어."

창문 앞에서 믿기지 않는다는 표정을 지어 보이는 머큐리.

"어떻습니까? 제 말이 딱이죠?"

클랜튼이 확인에 들어갔다.

"그렇군. 이건 마치 마약 같지 않은가? 마시기 무섭게 보는 효과라니… 그러고 보니 편두통도 괜찮은 것 같은데?"

"제가 왜 이 셰프님께 반했겠습니까? 회장님도 반할 줄 알았으니 해고 걱정은 덜어도 되겠지요?"

"그, 그렇군. 오히려 성과금을 줘야겠어."

"그러시다면 기꺼이 받겠습니다."

"셰프… 이번 새해 만찬은 정말 기대가 크구려."

다시 착석한 머큐리. 처음보다도 더 기대에 찬 얼굴이 되었다.

"최선을 다해보겠습니다."

"그런데 이 물컵… 이건 어디서 난 거요? 셰프의 약수만큼이나 유니크해 보이는데?"

"한국의 젊은 유리공예가에게 맞춘 잔입니다."

"젊은? Young 하단 말이요?"

"예."

"이 사람이 미국에서도 활동을 하오?"

"앞으로 하게 되지 않을까요?"

"그렇다면 내게 연락처를 좀 주시오. 내가 발판을 놔드리리다."

"예?"

"우리 회장님이 취미로 갤러리도 하십니다. 여기 그림들도 전부 소속 갤러리를 통해 사들인 거죠."

클랜튼이 부연을 했다.

"진심이시라면 이상배 씨가 굉장히 좋아할 겁니다."

"다만 엄격한 심사가 있습니다. 다른 작품과 역량을 함께 봐야 하거든요."

"그건 문제없습니다. 아주 열린 사람이니까요."

민규 목소리가 높아졌다. 어쩐지 케미가 맞는 것 같던 이상배. 그에게 좋은 기회가 될 수 있다면 민규에게도 좋은 일이었다.

"그런데……."

민규의 시선이 회장 어깨 뒤의 그림으로 향했다.

"아, 셰프께서도 그림에 관심이 있소?"

"문외한입니다만 저 그림만은 알고 있습니다. 아티스트도요."

"코리아의 천명화?"

회장의 입에서 나온 발음은 또렷했다.

"제 테이블의 손님이셨습니다. 제 요리가 그분 생애의 마지막 요리가 되었죠."

"저런, 비극이지만 아주 불행하지는 않았군요. 셰프의 요리를 마지막 정찬으로 삼았다니……."

"그렇게 생각하면 그렇군요."

"저 그림은 어떤 인연이오? 내 휘하의 갤러리에서 사들인지는 얼마 되지 않는데……."

"그럴 겁니다. 저 그림은 화백께서 정찬에 대한 인사로 제게 선물하신 거였거든요. 하지만 제가 레스토랑을 개업하느라 부득이 건물 주인에게 넘겼습니다. 일종의 물물교환이었죠. 그분도 천명화의 마니아셨거든요."

"백수암?"

"이름까지 아시는군요?"

"갤러리에서 학을 떼더군요. 그 그림의 행방을 찾아갔는데 소유자가 오히려 우리가 소장하고 있는 천명화의 그림을 하나만 팔라고 했답니다. 하지만 우리 가격이 너무 높았죠. 천명화의 그림은 그의 사후에 엄청난 가치 폭등을 겪고 있거든요. 결국 그가 우리 직원에게 설득되고 말았죠. 합리적인 가격을 골드바로 제시하는 재치에 말입니다."

"……."

"저 그림이 원래 이 셰프님 거였다?"

"……."

"저걸 손에 넣으면서 천명화 아티스트의 모든 그림을 잡게 되었는데 이 셰프님하고 그런 사연이 있을 줄이야……."

"어쨌든 저도 반갑네요. 여기서 저 그림을 보게 되다니… 가까이 가서 좀 봐도 될까요?"

"당연하죠."

머큐리 허락이 떨어졌다.

'화백님…….'

신선마을 앞에서 대화를 나누었다. 단 한 번의 기억으로 칼날처럼 깊이 각인된 사람, 천명화. 음식 맛을 잃어 깨작거리던 그가 요리를 맛나게 먹어준 것만 해도 감격스러웠는데 그림까지 안겨주었다. 그 그림의 가치를 몰라 얼떨결에 받았던 민규. 백수암에게 넘긴 그림을 만리타국에서 보니 인연의 신묘함에 할 말을 잃고 말았다.

그런 민규를 바라보는 머큐리의 눈빛도 범상치 않았다. 민규는 그림을, 머큐리는 민규에 꽂힌 형국이었다.

'올 것 같더니 이렇게 오셨군요.'

민규가 중얼거렸다. 그림은 그녀의 분신. 그녀가 왔다고 해도 틀린 비유는 아니었다. 어쨌거나 신선마을의 등장은 민규에게 굉장한 힘이 되었다. 천명화의 지지가, 응원이, 그림을 통해 무럭무럭 피어나는 기분이었다.

'이번에도 한 끼 대접해 드리죠. 그림 제목에 걸맞게 신선식으로 말입니다.'

그림을 바라보며 민규가 웃었다. 머큐리 회장은 아직도 민규의 일거수일투족에서 시선을 떼지 않고 있었다.

*　　　*　　　*

"여깁니다."

클랜튼이 보낸 톰슨이 건물을 가리켰다. 날렵한 CN 타워였다. 민규의 베이스는 전망대 아래층에 배정이 되었다. 새로 만든 주방이었다. 주방 시설은 완벽했다. 냉장고와 냉장실, 불판의 위치와 숫자도 여유로웠다.

"여기도 전망은 기가 막힙니다. 보시죠. 저쪽이 나이아가라 폭포인데 어슴푸레 보이지 않습니까?"

톰슨이 툭 트인 창을 가리켰다. 푸르게 멀어지는 수평선 끝에 폭포의 흔적이 보였다. 날씨가 청명한 날은 나이아가라폭포가 보이는 곳. 처음에는 몰랐지만 이내 인지가 되었다.

"우아, 기막히다."

"대박!"

종규와 재희가 입을 쩌억 벌렸다.

"망원경도 두 개 준비했습니다. 머리 식히실 때 한 번씩 보시면 가슴이 시원해질 겁니다."

"고맙습니다."

민규가 답했다. 그사이에 톰슨이 작은 가방을 열어 보였다. 100달러 신권으로 차곡차곡 쌓은 10만 불이었다.

"셰프님의 초청비입니다. 일단 현금으로 찾아두었는데 지니기 곤란하실 테니 계좌로 꽂아드리겠습니다."

현금 10만 불.

벤저민 프랭클린이 민규를 보고 있다.

"아뇨. 그냥 두세요."

"예?"

민규가 답하자 톰슨이 고개를 들었다.

"좀 필요한 데가 있어서요."

"아, 예. 그렇게 하시죠."

가방을 건네준 톰슨, 잠시 호흡 조절을 하더니 조심스레 말을 이었다.

"그런데……."

"문제가 있습니까?"

"그건 아니지만 식재료 말입니다. 신청한 재료가 너무 적어서… 가져오신 것도 쌀과 곡류, 약간의 과실과 해초 정도로 그리 다양한 편도 아니고……."

"재료는 문제없습니다."

"아시겠지만 참석자는 63명입니다."

"알고 있습니다."

"……."

"……."

"그럼… 필요한 게 있으면 연락을 주시기 바랍니다."

톰슨이 인사를 남기고 나갔다.

"저 걱정이 내 걱정이라니까."

종규도 볼멘소리를 냈다.

"만찬 죽 쑬까 봐?"

여유로운 건 민규뿐이었다.

"만찬이 죽이라는 거야? 메뉴가 죽이라는 거야?"

종규가 물었다. 영국 출장과는 달리 민규는 메뉴에 대해 공개하지 않았다. 그때는 A플랜, B플랜이 필요했지만 이번 경우는 달랐다. 민규가 아니면 할 수 없는 메뉴기 때문이었다.

"일단 식재료 정리하고 체크해라."

"그런데 돈은 왜 현찰로 받은 거야? 공항 나갈 때 걸릴 텐데?"

"그냥. 돈은 아무래도 현찰이 제맛 아니냐?"

민규가 웃었다. 아무래도 뭔가 생각이 있는 듯한 민규. 그 깊은 속을 알기에 종규는 캐묻지 않았다. 짐 꾸러미로 돌아가 약재를 정리하던 종규, 슬쩍 끼어 온 재료 때문에 한기가 스쳐 갔다.

'이게 왜 딸려 왔지?'

재빨리 주변을 살피고 물건 하나를 감췄다. 다행히 민규는 가까이 없었다.

'후우!'

종규가 숨을 돌렸다.

민규는 조리대 앞이었다. 숙수 복장을 걸치고 두건을 질끈 동여맸다. 캐나다 토론토. 요리는 기온과 풍향, 습도 등의 영향을 받는다. 냄새도 그렇다.

'큼큼!'

후각을 치고 오는 냄새가 있었다. 테이블 주변의 화분이었다. 향이 강한 화분은 주방에 둘 수 없다. 그걸 들어 복도에 내놓았다. 뒤처리는 톰슨이 할 일이었다.

사라락!

다시 오곡을 꺼냈다. 상지수와 정화수도 소환했다. 기사회생미음에 들어가는 구성 그대로였다. 담백한 맛을 위해 삼영초(三靈草)는 시도하지 않았다. 용재(龍材) 역시 준비물에 없었다.

보글!

방울이 기사회생미음 때처럼 부풀어 올랐다. 오직 하나면 되었다. 중첩포막법으로 진기와 정기를 더했기에 방울의 탄력은 탱탱했다. 육천기까지 씌워두었으니 어찌 아닐까? 첫 방울의 크기는 딱 살구알이었다. 입에 넣고 삼켜보았다. 방울은 목구멍에서 터졌다.

"……!"

새삼 맛의 충격이 왔다. 어찌나 담백하고 진한지 액체를 쏟을 뻔했다. 옆의 돌솥에서 나온 방울을 그냥 두고 다시 요리에 돌입했다. 크기를 줄였다. 이번에는 500원짜리 동전 크기였다.

보글!

다시 방울이 끓어올랐다. 막은 튼실했다. 젓가락으로 건드려도 터지지 않았다. 오곡에 죽물을 코팅한 덕이었다.

'어디……'

원하는 크기가 나오자 입에 넣었다. 잠시 숨을 쉬었다가 목 넘김을 했다.

"......!"

민규 표정이 확 밝아졌다. 안으로 들어간 방울이 위장에서 터진 것이다. 그러자 오장이 폭발적 반응을 일으켰다. 한마디로 기의 급속 충전이었다.

'좋았어.'

한국에서의 실험과 같았다. 장소와 환경은 변했지만 노력한 결과는 변하지 않았다. 내친김에 종규와 재희의 시식용을 준비했다. 방울은 세 가지였다. 크기를 조절해 가며 입안에서의 작용점과 맞추었다. 밥과 누룽지가 쌓여갔다. 종규와 재희 일이 늘어났다. 산야초초밥과 누룽지탕을 만들었다. 톰슨에게 물어 다른 직원들에게 공수를 했다.

잠시 숨을 돌리는 시간, 민규는 또 다른 요리에 돌입했다.

—옥삼갱.

이는 일종의 토란국이었다. 산우(山芋), 즉 고구마와 쌀로 끓이기도 하니 두 가지를 다 준비했다. 레시피는 간단하니 쌀가루에 섞어 걸쭉하게 끓여낸다. 옥삼갱을 만드는 건 명나라 '미공비급'의 언급 때문이었다. 이 책에서는 옥삼갱을 극찬한다. 빛과 향, 맛까지 좋아 지상에서 이보다 맛난 음식은 없을 거라는 구절이 나온다.

香似龍涎仍釅白(향사용연잉엄백).

味如牛乳更全淸(미여우유갱전청).

향내는 용연 같은데 흰빛은 더욱 진하고.

맛은 우유 같은데 우유보다 한층 더 맑구려나.

옥삼갱에 대한 묘사다. 수 양제도 이걸 먹고 뻑 갔다. 여기
서 언급된 용연은 용의 침으로 만든 향료다. 향유고래의 용연
향에 비하면 원조 진퉁이다. 이렇게 극찬받는 옥삼갱을 두고
또 다른 절정 요리의 비교가 나온다.

'하늘의 소타는 어떨지 모르지만 지상에는 결코 이보다 맛
난 요리가 없을 것이다.'

옥삼갱의 맛을 최고로 높이지만 소타를 두고는 몸을 사렸
다. 용연의 향에 시리도록 흰 자태.

민규가 생각하는 바로 그것, 천상의 음식 소타(酥酡)였다.
인도에서 전하는 소타는 우유로 만든다. 그렇다면 소타와 옥
삼갱의 자태는 비슷할 것 같았다. 민규의 정기신혈 방울도 우
윳빛 투명함에서 시작한다. 그 최종 비교를 옥삼갱으로 하려
는 의도였다.

토란은 땅에서 나는 계란. 단백질에 섬유소, 무기질까지 다
량으로 들어 있어 장운동을 돕고 몸을 보한다. 그러나 수산
석회가 있으므로 손질에 주의해야 한다. 토란의 독성은 옥살
산. 푹 삶아서 데쳐야 하는 이유가 여기에 있다. 알레르기도

일으킬 수 있으니 세심한 주의를 요한다. 쌀뜨물을 부으면 떫은맛이 사라지고 다시마를 넣으면 궁합이 잘 맞는다. 민규는 지장수를 써서 본래의 맛과 향을 더욱 살려놓았다.

사삭!

옥삼갱 옆에 민규의 샘플요리가 놓였다. 수의 양제와 소동파가 극찬한 옥삼갱의 자태는 깜냥도 되지 않았다.

"와아!"

재희와 종규의 입이 닫히지 않았다. 이제야 메인 메뉴의 실체를 확인하는 두 사람. 시식하는 동안에 세 번 자지러지고 말았다.

"이거였군요. 셰프님의 의도……."

맛에 반한 재희는 눈물까지 글썽거렸다. 속된 말로 '넘사벽', 상상 불허의 자태와 맛을 지닌 요리였다.

I am ready!

민규가 우뚝 자리를 잡았다. 지구 최고의 명사들을 맞을 준비는 완벽했다.

새해는 내일로 다가왔다. 한 해의 마지막 날. 민규는 내일의 성찬을 위해 한 번 더 점검에 나섰다. 63명분의 식사에는 어떤 차질도 있을 수 없었다.

재희, 종규를 거느리고 리허설을 했다. 두 번을 하고도 모자라 세 번을 했다. 주방에서 이벤트 룸까지의 보폭까지 기억했다. 테이블의 위치와 숫자 파악은 기본. 심지어는 조명의 각

도와 럭스까지 고려하는 민규였다.

저녁은 일찌감치 든든하게 먹었다. 초저녁에 잠을 자고 자정이 넘으면 일어날 생각이었다. 일출에 맞춰 성찬을 차리려면 그 수밖에 없었다.

하지만 세상은 언제나 스케줄대로만 되지 않는다. 초저녁에 초대형 사고가 터지고 말았다. 그 소식은 클랜튼이 가져왔다.

"셰프님."

녹미와 황량미, 적토미 낱알을 고를 때 클랜튼이 주방에 들어섰다.

"어, 식사는 하셨나요?"

나무 주걱을 들고 있던 민규가 물었다.

"예. 셰프님은요?"

"저희도 일찌감치… 그런데 안색이 안 좋군요. 약수 한 잔 드릴까요?"

"그래 주시겠습니까?"

쪼르륵!

민규가 만든 건 지장수였다. 그의 가슴에 맺힌 혼탁을 본 것이다. 방제수를 더해 마음의 안정을 도모해 주었다.

"무슨 일이라도?"

민규가 조심스레 물었다. 클랜튼은 여간해서 안색이 변하는 타입이 아니었다. 그런데 이렇게 초조한 빛을 띠니 묻지 않을 수 없었다.

"그게… 좀 큰 불상사가 났습니다."

"불상사라고요?"

"지금 급보를 받고 나가는 중인데요, 인도 쪽 초거물 초청 대상자 사리타가 전용기 편으로 오던 도중에 폐에 문제가 생겼다고 합니다. 공항에서 바로 앰뷸런스에 실려 갔는데 몹시 위독한 모양입니다."

"예? 위독이라고요?"

"그쪽 수행 팀으로부터 곧 운명할 것 같다는 연락이……."

"……!"

"이분이 인도 대표 기업가의 하나로 개인 재산이 80조대에 달하는 슈퍼리치입니다. 수년 전부터 폐암을 앓아 우리의 초대장을 번번이 거절했는데… 셰프님의 만찬에는 흔쾌히 응하면서 나빠진 건강에 반전의 계기로 삼고 싶다기에 회장님도 기대를 하고 있었습니다. 그런 차에 이런 불상사가 났으니… 아무래도 이벤트에도 영향이 클 것 같습니다. 그녀의 동선은 세계 경제계가 주목하고 있거든요."

"이벤트가 취소되는 겁니까?"

"그렇지는 않습니다. 이 일로 셰프님이 흔들릴까 봐 말씀드리는데 아마 휴가 중인 미국 대통령 부부에 유엔사무총장까지 참석할 것 같습니다. 그러니 취소란 있을 수 없지만 아무래도……."

"……."

"어쨌든 당장 저와 병원에 좀 가주면 고맙겠습니다. 이분이 셰프의 요리를 기대하고 무리하셨던 만큼 죽기 전에 얼굴이라도 한번 보고 싶어 한다는 전갈이 왔습니다."

"저를 말입니까?"

"그렇습니다. 그러니 피곤하시더라도……."

"아닙니다. 그런 이유라면 기꺼이 가야죠."

민규가 숙수복을 벗었다. 사람이 죽어간다. 그 사람이 민규를 보고 싶어 한다. 그렇다면 앞뒤 가릴 이유가 없었다. 그런데… 그 순간, 운명 같은 단어 하나가 민규 뇌리를 치고 갔다.

"……!"

천지인부활미음.

그리고 그 레시피에 적혔던 또렷한 문구.

三人求.

그 말이 맞다면 아직 두 사람을 더 살릴 수 있는 민규였다.

＊　　　＊　　　＊

끼익!

클랜튼의 차량은 오래지 않아 멈췄다. 병원은 이벤트 빌딩에서 5분 거리밖에 되지 않았다.

"내리시죠."

클랜튼이 말했다.

"이쪽입니다."

미리 나와 있던 직원이 클랜튼을 인도했다. 민규는 그 뒤를
따랐다. 병실은 완벽하게 독립된 VVIP실. 오직 한 사람만을
위한 병동이었다.

"잠깐 기다리십시오."

신분 확인을 마친 인도 쪽 수행원이 전화를 걸었다.

"따라오시죠."

윗선 허락이 떨어지자 그가 안내에 나섰다. 병실 문 앞에도
두 명의 수행원이 버티고 있었다. 가히 국가원수급의 보안이
었다.

지잉!

병실 문이 열렸다. 동시에 민규 시선도 멈췄다.

"……!"

병실 안의 풍경은 무채색처럼 스산했다. 최고의 시설을 자
랑하는 특실이지만 분위기가 그랬다. 사리타의 비서실장은 여
자였다. 40대, 거구의 여성이 다가왔다. 민규의 시선은 그녀가
비킨 자리에 꽂혔다. 거기 조문하는 세 사람… 놀랍게도 영국
여왕과 베론 왕세자 부부였다.

"참으로 유감입니다."

클랜튼이 실장에게 심심한 우려를 표했다.

"저희도 황망하기 그지없습니다. 내일 아침 성찬을 학수고대하고 계셨는데……."

실장이 눈시울을 붉혔다.

"의사들은 뭐라고 합니까?"

"회장님은 폐암을 앓아오셨습니다. 그래서 장거리 여행은 삼갔는데 다행히 전이의 기미가 없고 최근 치료 예후가 좋아 여정을 감행했던 겁니다. 그러다 캐나다를 한 시간 정도 앞두고 돌연 각혈이 심해졌는데 여기서 원인을 알아보니 고도 때문인지 폐암 병소의 사이즈가 급격히 팽창되면서 상대정맥을 압박해 혈액순환 장애를 촉발했다고 합니다. 어찌나 전격적인지 가슴에도 정맥이 돌출되었는데 그 대미지가 워낙 커서… 앞으로 한두 시간밖에 버티지 못할 것 같다고……."

"맙소사!"

"이분이 이민규 셰프십니까?"

실장이 민규를 바라보았다.

"예."

민규가 답했다.

"와주셔서 고맙습니다. 회장님이 뵙고 싶어 하셨습니다."

실장이 침대를 가리켰다.

"어!"

병문안을 하던 왕세자가 민규를 발견했다.

"셰프님."

"오셨습니까?"

민규가 왕세자 부부와 여왕에게 예의를 갖췄다.

"어휴, 어쩌다가!"

왕세자가 고개를 저었다. 민규는 반갑기 그지없지만 분위기가 이렇다 보니 그런 마음조차 표현하기 어려웠다.

"회장님이 여왕 폐하와 왕세자 전하와도 각별하셨던 모양이군요?"

민규가 물었다. 그렇지 않고서야 이렇게 전격적으로 병문안을 올 리가 없었다.

"사리타는 선친 때부터 우리 영국과 특별한 관계였지요. 왕실과도 그랬고요. 여왕 폐하와 사리타의 선친은 더 각별한 관계였습니다."

"예……."

"정말 황망하군요. 암이 발병한 후로 본 지가 오래되던 차에 마침 머큐리 재단의 새해 성찬에 참석한다는 소식을 듣고 폐하께서도 좋아하셨거든요. 오랜만에 사리타와 함께 셰프님의 요리를 먹으며 도란도란 옛이야기를 할 수 있을 것 같았는데……."

"셰프님."

대화 중인 민규를 실장이 불렀다. 눈치를 차린 왕세자가 눈시울을 붉히며 길을 비켜주었다.

"카아카악!"

회장의 호흡은 삭풍처럼 거칠었다. 눈에는 이미 인도의 죽음의 신 야마가 반쯤 들어와 있었다.

"이분이 이민규 셰프십니다. 보이십니까?"

실장이 회장 귀에 대고 말했다.

"보여요."

회장이 답했다. 느린 영어였지만 민규도 들을 수 있었다.

"셰프의 요리를 기대했는데……."

그녀가 하얗게 웃었다. 죽음이 다가온 걸 아는지 몹시 헐렁한 미소였다. 그 미소를 따라 체질 리딩을 했다. 폐에 덩어리가 많았다. 나무에 달린 과일처럼 주렁주렁이었다.

아니, 거칠고 사나우니 돌이나 고철 덩어리가 맺힌 것도 같았다. 그 혼탁이 번져 심장을 절망으로 물들였다. 심장의 기세는 신장으로 뻗었다. 폐도 위태롭지만 신장 또한 편안하지 않았다.

인도 초유의 대부호. 게다가 장거리 여행을 금하다가 민규의 요리를 위해 금기를 깬 여자. 덕분에 새해 정찬 이벤트의 판을 키워준 여자. 그런 여자와 이렇게 만나니 기분이 기묘했다.

'혹시…….'

기묘한 엮임 때문인지 운명 시스템 생각이 났다. 이 사람도 혹시 운명 시스템의 수혜자가 아닐까?

"회장님."

민규가 운을 떼었다.

"……."

"혹시 운명 시스템이라는 걸 아십니까? 아니면 전생 메신저나 환생 메신저 같은……."

"No."

회장이 고개를 저었다.

"그렇군요."

"카아하아."

숨소리는 그사이에도 위태롭게 허덕였다. 힘겨운 호흡 사이로 폐의 혼탁을 보았다. 이 사람이 죽으면 저 덩어리들도 죽는다. 그러나 이 사람이 되살아나면? 그래도 덩어리들은 죽는다. 가능한 일이었다.

三人求.

오면서 생각하던 단어가 머릿속에서 밝아졌다. 이 사람은 죽어야 했다. 그런 다음에 살아나면… 그제야 비로소 제대로 '사는' 것이다.

"클랜튼."

인사를 마친 민규가 클랜튼을 구석으로 끌었다.

"예?"

설명을 들은 클랜튼이 소스라쳤다.

"사리타 회장을 살릴 수 있다고요?"

묻는 클랜튼의 눈은 터질 듯 실룩거렸다.

"예."

"어떻게 말입니까?"

"제가 가능한 요리를 압니다."

"그럼 빨리 좀 만들어주세요."

"그런데… 그게 저분이 죽은 후에 먹어야 효과가 납니다."

"예?"

"저분의 암 덩어리 때문입니다. 지금은 절정 요리를 먹는다고 해도 약간의 목숨 연장에 불과합니다. 그러나 회장님이 죽으면 암 덩어리도 죽습니다. 그때 정기와 진기의 요리로 목숨을 살리면 암에서도 해방될 수 있는 거죠."

"셰프님."

"저를 믿어야 합니다."

"그게 가능하단 말입니까? 여기 의사들도 포기한 상태인데?"

"장담은 못 하지만 이미 가능했습니다."

이미 가능.

그 한마디에 클랜튼의 의식은 초토화가 되었다. 그렇다면 벌써 증명된 일이라는 뜻이었다.

"셰프님……."

"혹시 이 도시에도 차이나타운이 있습니까? 중국 약재를 취급하는 곳 말입니다."

"그건 있습니다만……."

"클랜튼의 손이 미칩니까?"

"가능합니다만."

"그럼 같이 가시죠. 꼭 구해야 할 재료들이 있습니다. 대신 여기 믿을 만한 사람을 남겨서……."

나머지는 귓속말로 전했다. 설령 민규가 오기 전에 회장이 죽더라도 병실에서 머물게 해달라는 주문이었다.

"젠장!"

조수석에 앉은 클랜튼이 보드를 내려쳤다. 전화 때문이었다. 민규가 적어준 식재료들. 몇 가지는 있지만 몇 가지는 구할 수 없다는 연락이 온 것이다.

"이봐, 창위. 돈은 달라는 대로 줄 테니까 수작 부리지 말고 내놔. 내가 언제 이런 부탁 하는 거 봤어?"

클랜튼이 소리를 높였다.

─알지. 우리 클랜튼께서 고귀한 미식가라는 거. 하지만 아시다시피 호랑이 발은 금지 품목에 혐오 식품이라서 말이야.

"언제는 금지 품목 아닌 것만 유통시켰어? 빳빳한 현금으로 맞춰준다잖아?"

─아깝지만 그래도 없어. 다른 건 내가 구해놓을 테니까 장가네 숍으로 가봐. 그 인간이 러시아에서 호랑이 뼈를 들여왔다는 소문이 있더라고. 뼈가 왔으니 다른 것도 왔을지 모르지.

"그럼 나머지는 되는 거지?"

—일련번호가 다른 100달러짜리로 맞춰주면.

"오케이."

클랜튼이 전화를 끊었다. 통화를 들은 기사가 그를 바라보았다.

"좌회전해서 쭉 달려. 3마일쯤 가다 보면 진한 빨간색 숍이 나올 거야."

숨 가쁘게 지시한 클랜튼이 다시 통화를 시작했다.

"헬로, 미스터 장. 나 머큐리 재단의 클랜튼입니다."

통화하는 사이에 빨간색 숍이 보였다.

딸각!

가게 문이 열렸다. 중국인 장은 담배를 문 채 소파에 있었다. 내부에서 한약 냄새가 진동을 했다.

"거참, 없다는데도……."

장은 냉소부터 뿜었다.

"다 알고 왔습니다. 이거면 되겠습니까?"

클랜튼이 내놓은 건 현금 1,000불이었다.

"원따우전이라……."

달러를 집은 장은 빡센 악센트를 구사하며 씨익 웃었다. 클랜튼이 1,000불을 더 올렸다.

"8,000불 더 올려주면 내일까지 구해주지."

"지금 당장."

클랜튼이 1,000불을 더 태워놓았다.

"지금은 내가 흠모하는 진시황이나 공자가 살아서 돌아와도 안 돼. 콩코드로 싣고 온다고 해도 5시간은 걸릴 테니까."

"부탁합니다."

"창위의 소개라니 팩트를 알려 드리지. 이틀 전에 왔으면 600불이면 됐는데 지금은 없어. 다음 회차는 2주 후였는데 10,000불 주고 가면 내일 저녁까지 도착되게 해줄 수 있어."

"필요한 건 지금이라오."

"그럼 포기. 가까운 남미의 동물원에 연락해서 급사한 호랑이라도 수배해서 FEDEX 예약하든가."

"당신 동업자들은 어떻소?"

"알잖아? 이 일은 댄저러스 해서 좀팽이들은 손대지 못한다는 거."

장이 연기를 뿜었다.

결국 호랑이 발은 구하지 못했다. 낙타의 머리도, 구렁이 몸통도, 대형 조개까지도 손에 넣었지만 한 가지가 빠진 것이다.

"셰프님."

민규 표정을 본 클랜튼이 걱정스러운 표정을 지었다.

"일단 병원으로 돌아가 계세요. 다시 말하지만 제가 가기 전에 돌아가시면 병실에 잡아두셔야 합니다. 요리는 제가 어떻게 한번 해보겠습니다."

"하지만……."

"하늘이 사리타와 저, 그리고 이 성찬 이벤트를 돕는다면 잘될지도……."

민규가 말을 맺었다.

"알겠습니다. 일단 병원에서 기다리지요."

클랜튼이 떠났다.

기사회생의 천지인부활미음.

인간에게 허용된 최고이자 최상의 비방이었다. 그렇기에 민규 외에는 그 누구도 해낼 수가 없었다. 일단은 상지수와 정화수 때문이었다.

그러나 민규도, 용재가 없는 상황에서는 어떻게 될지 자신할 수 없었다. 이렇게 되니 초빛에 남겨둔 낙타 고기와 호랑이 발이 아쉬웠다. 새해 성찬의 메뉴가 천지인부활미음에서 응용한 터라 더욱 그랬다.

'그래도 시작은 해봐야지?'

중요한 한 가지가 부족한 상황…….

'아니, 한 가지만 부족한 상황.'

마음을 고쳐먹었다. 호랑이의 약효는 다른 것을 강화하면 해결될지도 몰랐다.

"형!"

만찬 주방에 들어서자 종규가 손을 흔들었다.

"재료는?"

"준비 완료."

종규가 용재와 삼영초(三靈草), 오곡을 정리해 놓았다. 숨 돌릴 틈도 없이 요리에 돌입했다. 민규 표정을 본 재희와 종규는 입도 벙긋하지 않았다. 심각성의 무게를 아는 것이다.

상지수와 정화수.

미음의 과정을 복기한 후에 요리에 돌입했다. 초자연수에 담갔던 오곡을 꺼내 콩부터 중첩포막을 입혔다. 상지수의 죽물로 한 번, 정화수의 죽물로 한 번⋯ 모든 과정은 성공한 그날과 다르지 않았다. 다만 용재(龍材)에서 호랑이 재료가 빠졌을 뿐.

"⋯⋯!"

마지막 과정에 돌입한 민규의 시선에 지진이 일었다. 방울이 올라왔지만 무지개가 없었다. 맥이 쫙 풀려 나갔다. 호랑이 발이 발목을 잡는 것이다.

'좋아.'

어차피 알고 시작한 일. 마음을 다잡고 처음부터 다시 시작했다. 다른 용재의 성분을 강화했다. 결과는⋯⋯.

실패!

마지막으로 회심의 대타를 꺼냈다. 창위가 구해준 고양이 발이었으니 꿩 대신에 닭이었다.

陰陽和合 萬物化生(음양화합 만물화생).
음양이 화합하니 만물이 화생하리니.

음양의 정수를 끌어내 목숨과 혼백을 살리는 요리를 만들리니.

이번에는 염원까지도, 성공하던 그날과 똑같이 되뇌었다.

그러나!

"……!"

이번 방울에도 무지개는 서지 않았다. 민규가 깊은 한숨을 쉬었다.

"형!"

종규가 황급히 다가섰다.

"괜찮다."

"장 여사님에게 썼던 미음 만드는 거야?"

"그래. 그런데 재료가 하나 모자란다."

포기.

더는 어쩔 수 없었다. 일반 요리라면 어떻게든 맛을 맞춰볼 민규. 그러나 신묘한 이 요리는 재료가 중요했으니 초자연수나 필살기로 해결될 문제가 아니었다.

핸드폰 화면을 열었다. 클랜튼의 번호를 눌렀다. 어차피 안 될 거라면 시신을 방치할 이유도 없었다.

"초빛에 잘 보관한 그 두 가지 문제야?"

어깨 뒤에서 종규 목소리가 들려왔다. 전화기에서는 클랜튼이 나왔다.

―여보세요?

"낙타 머리는 구해 온 거 봤고… 호랑이 발이라면 나한테 있는데……."

클랜튼의 목소리에 종규 목소리가 겹쳤다.

"뭐라고?"

민규가 벼락처럼 고개를 돌렸다.

"내가 다른 약재들 챙기면서 실수로 가져와 버렸어."

"……!"

민규는 또 한 번 넋을 놓았다. 그렇게 마음 졸이던 호랑이 발. 지난번에 천지인부활미음을 만들고 남긴 그게 맞았다. 이제 보니 가까이 있었던 것.

"종규야."

"미안해. 포장이 다른 약재와 비슷해서 그만……."

"아니야. 잘했다. 정말 잘했어."

민규가 종규를 끌어안았다. 정말이지 뽀뽀라도 해주고 싶은 심정이었다.

용재(龍材).

기사회생의 재료들이 비로소 구색을 갖췄다. 오곡의 중첩포막은 넉넉히 준비되었으므로 요리의 진행이 빨라졌다.

보글.

미음의 첫 방울이 움찔거렸다. 몇 번이고 표면을 흔들더니 마침내 신성한 반원을 그리며 수면 위로 올라왔다.

'아!'

민규가 탄성을 질렀다. 마침내 방울에 무지개가 서린 것이다. 무지개는 신성한 서광으로 빛나며 점점 몸집을 키웠다.

'수박 크기……'

민규는 방울의 크기도 기억하고 있었다. 방울은 사발만 하게 커지고도 계속 부풀어 올랐다. 힘 좋게 씩씩거리는 모습도 닮았다. 그대로 두었다. 사리타의 혼탁과 맞추는 것이다. 그녀의 혼탁은 장영순의 것보다 더 절망적이었던 것.

중간에 터져 버릴 것 같은 불안 따위는 없었다. 민규는 방울의 탄성을 믿었다. 절정에 달한 방울막이 조금씩 줄어들기 시작했다.

'대추알……'

민규는 방울막의 최종 사이즈를 알고 있었다.

"종규야."

속삭이듯 불렀다.

"응?"

"나가서 차 좀 준비해라. 택시든 뭐든."

"알았어."

종규가 소리 없이 뛰었다. 그 순간 민규 전화가 울렸다. 클랜튼이었다.

—셰프님, 방금 사리타 회장이 운명했습니다.

"……!"

─어쩌죠? 안치실로 옮겨야 한다는데?

"아까 말씀드렸잖아요? 어떤 방법을 쓰든 시간을 끄세요."

한 번 더 강조하고 전화를 끊었다. 서둘러 작은 방울로 변한 미음을 수습했다. 그날처럼 탄성이 느껴지는 대추알 크기. 거기 터질 듯이 농축된 진기의 기운. 조심스레 수습하고 입구로 나갔다. 입구에는 클랜튼이 보내준 세단이 있었다.

"잘 다녀와. 뭐든 시킬 일 있으면 바로 전화 때리고."

종규가 문을 닫아주었다. 택시가 출발하는 동안에도 민규는 오직 방울막 미음에 집중했다. 처음이 아님에도 불구하고 긴장되고 떨리기는 그날과 다르지 않았다.

될 거야.

기사회생요리방은 세 사람을 구할 수 있다고 했잖아.

그러니까 의심 따위는 하지 말자.

민규는 스스로 마인드컨트롤을 걸었다.

그럼에도 긴장과 흥분은 별로 가시지 않았다. 그사이에 차가 병원에 닿았다.

"……!"

사리타의 실장과 의사, 심지어는 클랜튼과 왕세자까지도 얼굴빛이 변했다. 민규의 기사회생미음 때문이었다.

"그걸로 회장님을 살린다고요?"

실장이 물었다.

"예."

민규가 답했다.

"허!"

그가 탄식을 쏟았다. '말도 안 돼'를 탄식으로 표현한 것이다.

"내가 설명을 했지만……."

클랜튼이 난색을 표했다. 하긴 그 누가 믿을 것인가? 의사와 실장의 어이 상실 모드는 아주 정상적인 반응이었다. 별수 없이 왕세자를 내세웠다. 영국의 신뢰이자 회장과 각별한 왕실. 그런 위치의 왕세자라면 민규보다 설득력이 있을 일이었다.

"내가 사리타를 대신해 말할 수 있다면 나는 OK입니다. 이 셰프님은 천상의 물을 만들어내는 셰프십니다. 그걸 이용한 약선으로 나와 아내, 딸, 그리고 여왕 폐하와 궁전 사람들, 심지어는 급사로 죽을 뻔한 중국인의 병도 고쳐주었습니다. 사리타도 여왕 폐하께 그런 말을 전해 듣고 이번 만찬에 참가하기로 결심했다고 들었습니다."

"그 이야기는 저도 알고 있습니다."

왕세자의 말에 실장이 고개를 끄덕였다.

"그럼 뭘 망설인단 말입니까? 설령 이 일이 헛되다고 해도 문제 될 게 무엇입니까? 먼 길 가는 당신의 주인을 위해 이 셰프님이 천상의 수프 한 그릇을 준비한 겁니다. 당신 주인이 그토록 먹고 싶어 와병 중에도 여기까지 날아오게 된 그 셰프의 요리입니다."

"……!"

왕세자의 위엄에 실장이 하얗게 질려 버렸다. 사리타와 왕
세자의 신뢰 관계를 아는 까닭이었다. 왕세자의 말에 틀린 구
석이 없기도 했다. 실장은 즉시 인도의 풀피코크 그룹에 전화
를 걸었다. 사리타의 사촌인 부회장의 허락이 떨어졌다. 그는
이 비극을 수습하기 위해 공항으로 달리던 중이었다.

"그럼… 부탁합니다."

실장이 비로소 민규의 수프를 허락했다.

민규는 그제야 시신 앞에 앉을 수 있었다. 사리타의 폐에
서 들끓던 혼탁들은 얌전해져 있었다. 맹렬하던 기세가 그녀
의 죽음과 함께 꺼진 것이다. 이제 그녀를 살리기만 하면 되
었다.

미리 준비한 대나무를 꺼냈다. 회장의 입을 벌리려는 것.

"뭘 하려는 겁니까?"

실장이 물었다.

"고인의 입을 벌려야 합니다."

"이리 주세요."

실장이 대나무를 건네받았다. 그가 회장의 입을 벌렸다. 하
지만 끄덕도 하지 않았다. 몇 번을 더 시도해 보지만 회장의
입은 강철의 성문처럼 요지부동이었다.

"그냥 주사기로 투여하시죠?"

실장이 말했다.

"이대로 넣어야 합니다."

"……."

"그거 이리 주시죠."

민규가 손을 내밀었다.

"보셨지 않습니까? 회장님 입은 열리지 않습니다."

"그래도 한번 해보겠습니다."

민규가 대나무 막대를 건네받았다. 그런데… 민규의 손을 받은 회장의 입, 기다리기라도 한 듯 열려 버렸다.

"……!"

지켜보던 실장이 경악을 했다. 반면, 클랜튼과 왕세자는 탄성을 질렀다.

"허어!"

그 입안으로 미음 방울막을 밀어 넣었다. 그런 다음 가만히 입을 닫았다.

눈을 감은 채 집중했다. 미음은 마치 민규의 분신처럼 감지되었다. 식도를 지나 위장으로, 위장에 닿자 빙그르 낙하하더니 대만에 닿으면서 찰고무처럼 통 튀어 올랐다.

그대로 기저부에 닿더니 다시 대만으로 낙하, 거기서 방향을 바꾸어 소만에 닿더니 아스라이 터져 버렸다.

펑!

"셰프님."

클랜튼의 목소리가 들렸다. 민규는 반응하지 않았다. 민규의 신경은 오직 사리타에게 있었다. 민규의 손도 어느새 그녀의 위장이었다. 눈을 감은 채 손을 짚은 채 오장의 변화를 리딩하는 민규였다.

三人求.

기억하렴.

이번이 두 번째야.

그러니까 이 사람은 살아야 해.

부탁해.

제발……

기도가 손끝에 실리지만 사리타의 오장은 변화를 보이지 않았다. 그제야 눈을 떴다. 사리타의 폐에 맺힌 돌덩이 같은 찌꺼기들… 거친 맛은 사라졌지만 여전히 혈관과 기관지를 압박하기는 마찬가지였다.

'그렇다면……'

옆에 둔 그릇의 뚜껑을 열었다. 두 개의 방울막이 더 있었다. 사나운 찌꺼기가 마음에 걸렸던 민규의 예비였다. 생각할 것도 없이 두 개를 다 밀어 넣었다. 오장육부가 대미지를 입더라도 별수 없었다.

펑퍼엉!

위장으로 내려간 두 개의 방울막이 찬란하게 터졌다.

날려라.

정기와 진기의 폭풍으로 오장육부 자체를 다 날려 버려라.

그래서 다시, 다시 시작하는 거야.

침묵.

침묵.

10여 분의 침묵이 병실을 뒤덮었다. 그 침묵은 실장이 깨뜨리고 나왔다.

"이제 그만… 하죠."

그의 손이 민규의 어깨를 잡았다. 미치도록 진지하고 숙연한 민규였으니 그 노력 하나는 가상했다. 그러나 어쩔 것인가? 신이 아닌 이상 숨이 넘어간 사람을 살릴 수는 없었다. 죽은 시신에 더는 욕을 보이고 싶지도 않았다.

민규가 눈을 떴다. 위장의 리딩에는 변화가 없었다. 폐 쪽으로 시선을 옮겼다. 덩어리들… 무심하게도 달라붙어 움직이지 않는 돌덩이들. 그게 원망스러워 손바닥으로 폐 부분을 흔들었다. 순간, 놀랍게도 혼탁의 덩어리들이 기체가 되어 흩어지기 시작했다.

"억!"

민규 입에서 비명이 나왔다.

"셰프님."

클랜튼이 민규를 부축했다.

"저분……"

"이제 그만하시죠. 충분히 노력하셨습니다."

"그게 아니라 회장님……."

"셰프님 마음 제가 압니다. 보는 내내 마음이 미어지는 것 같았어요."

"그게 아니라 살았다고요. 폐의 암 덩어리들이 혈관 주변에서 부서지고 있어요!"

민규가 버럭 소리를 질렀다.

"예?"

"폐요. 폐에 장쾌한 정기가 들어갔다고요. 너무 전격적이라서 나도 몰랐어요. 하지만 살아난 것만은 틀림없습니다."

민규의 목소리는 이제 절규에 가까웠다.

"그럴 리가?"

의사가 청진기를 꺼내 들었다. 그걸 심장에 들이대려다 주춤거리는 의사, 가슴에 흉하게 돌출되었던 정맥이 사라지고 없었다. 떨리는 손으로 심박동을 확인하던 의사는 그대로 넘어가고 말았다.

"이봐요, 닥터!"

실장이 의사를 일으켜 세웠다. 소란을 들은 수련의가 들이닥쳤다.

"저 환자… 환자 심장을……."

의사가 거품을 뿜으며 말했다. 수련의가 서둘러 청진기를 들이댔다. 그러나 그 역시 거품을 토하며 주저앉았다. 심장의 박동 때문이었다.

두근!

분명 다시 뛰고 있었다.

두근!

착각이 아니었다.

"우리 회장님이 살아난 겁니까?"

실장이 의사를 흔들었다. 그 순간 사리타의 눈꺼풀이 파르르 흔들렸다. 동시에 손가락 마디도 꿈틀 움직였다.

"어어어!"

그걸 본 실장도 그 자리에서 넘어가고 말았다. 왕세자와 클랜튼도 넋을 놓기는 마찬가지였다. 멀쩡한 건 오직 민규뿐이었다. 장영순에 비해 고강도의 방울막을 쓴 민규……

첫 방울막은 암 덩어리를 해결하지 못했다. 임계점을 맞췄지만 사후 사리타의 혼탁에 변화가 왔던 것. 그러나 민규에게는 두 개의 방울막 미음이 더 있었다. 그 정기의 폭풍이 암 찌꺼기를 청소해 버렸다. 덕분에 신장의 반응이 이어졌으니 전체적으로 오장의 재가동이 시작된 것이다.

오장……

폐와 신장에 이어 하나하나 생명의 불이 번져가기 시작했다. 심장에 이어 비장과 간장에 생기의 불이 완전하게 켜지자 사리타가 꿀럭 경련을 했다. 그 입과 코, 눈으로 넘어온 건 엄청난 양의 고름 같은 가래 덩어리였다. 피떡이 진 가래 덩어리는 한 바가지 가까이 나왔다. 폐동맥과 폐정맥을 압박하던 암 덩어리들이었다.

덕분에 출혈이 이어졌다. 암 찌꺼기가 쏟아져 나온 것까지는 좋았지만 부작용도 만만치 않은 것.

인체의 모든 구멍으로 피가 흐르니 바로 구규출혈이었다.

"지혈 준비해. 어서!"

정신을 차린 의사가 수련의에게 소리쳤다. 순간 민규 손에서 물 한 컵이 날아갔다.

촤악!

"……?"

놀란 의사가 돌아보지만 민규 입에서 나오는 목소리는 자신만만의 그것이었다.

"이제 괜찮을 겁니다."

의사가 보니 정말 얼굴의 구멍에서 쏟아지던 출혈이 멈춰 있었다. 구규출혈에는 정화수 날벼락이 직빵이다. 혜윤 스님에게 선보였던 스킬이었으니 틀릴 것도 없었다.

"셰프님!"

그제야 클랜튼의 목소리가 하늘을 찔렀다.

"셰프님!"

실장의 목소리도 감동의 극한에 있었다. 그러나 대답하는 민규의 목소리는 그저 태연할 뿐이었다.

"아, 이제 내일 만찬 준비를 해야 해서 말이죠. 생각보다 시간이 많이 걸렸어요."

손을 들어 보인 민규가 담담하게 걸어 나갔다. 거인이다. 마치 장벽이 걸어가듯 웅혼해 보였다. 의사부터 왕세자까지, 그를 바라보는 사람들은 모두 완전하게 압도되어 있었다.

『밥도둑 약선요리王』 18권에 계속…

초대형 24시 만화방

신간 100%, 샤워실, 흡연실, 수면실(침대석), 커플석, 세탁기 완비

▪ 광명 광명사거리역점 ▪

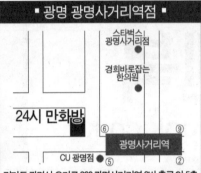

경기도 광명시 오리로 986 광명사거리역 6번 출구 앞 5층
02) 2625-9940 (솔목타워 5층)

▪ 강북 노원역점 ▪

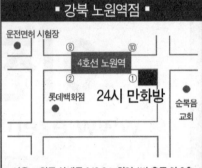

서울 노원구 상계동 340-6 노원역 1번 출구 앞 3층
02) 951-8324 (화용빌딩 3층)

▪ 일산 정발산역점 ▪

경찰서 ● / 정발산역 ●
제2 공영주차장 ● / 롯데백화점 ●

24시 만화방

E	C	A
	라페스타	
F	D	B

라페스타 E동 건너편 먹자골목 내 객잔건물 5층
031) 914-1957

▪ 일산 화정역점 ▪

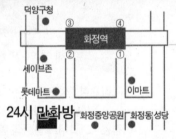

경기도 고양시 덕양구 화정동 984번지 서일빌딩 7층
031) 979-4874 (서일사우나 건물 7층)

▪ 부천 역곡역점 ▪

역곡역(가톨릭대)
● CGV
역곡남부역 사거리

24시 만화방   홈플러스

역곡남부역 기업은행 건물 3층
032) 665-5525

▪ 부평역점 ▪

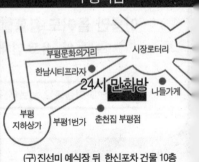

(구)진선미 예식장 뒤 한신포차 건물 10층
032) 522-2871